PIEZAS
SALVADOR LUIS

ELEKTRIK GENERATION

© SALVADOR LUIS RAGGIO
Una publicación de ELEKTRIK GENERATION
Primera edición: mayo de 2018

PIEZAS

ISBN-13: 978-0-692-12483-3

Imagen de cubierta: Pandorabox vía Shutterstock.com
Fotografías en *Roderick en la niebla*: © Salvador Luis Raggio

Impreso en los Estados Unidos / Printed in the United States

Cuando se encuentra por primera vez con un lápiz y un papel,
el niño se halla en una situación poco prometedora. Lo único
que puede hacer es golpear la hoja con el lápiz. Pero esto es
motivo de agradable sorpresa. El lápiz produce algo más que un
simple ruido: produce también un impacto visual. Algo sale de
la punta del lápiz y deja una señal en el papel. Ha sido trazada
una línea.

DESMOND MORRIS

Una pequeña epopeya

Se ignoran cosas secretas
Se recuerdan cosas futuras
Se avecinan aventuras
Que ya han sido, pero que aún vienen.

José S. Raggio

A pesar de carecer de cola y de quilla (la principal razón de sus alas vestigiales inhábiles), el cuerpo del pájaro kiwi está cubierto por una capa espesa de plumaje de color gris pardo y tiene además dos patas provistas de tres dedos carnosos. Entre las peculiaridades de este animal registradas por los científicos, tal vez la más llamativa sea el pico largo, delgado y curvo que cuenta con pequeñas aberturas nasales al extremo. (Los kiwis, y esto es ciencia divulgada, tienen un olfato muy fino y superior al de varios animales, ya que dependen de ese sentido para alimentarse y no extraviarse durante las horas de la noche, momento del día en el que se encuentran más activos). Su contextura es corpulenta y semejante a la de una gallina adulta, con una altura aproximada de 55 cm en el caso del kiwi común (*Apteryx australis*), la especie de mayor tamaño de este orden, que vive todavía en libertad en los densos bosques de Nueva Zelanda. Desde hace ya varios años, sin embargo, el kiwi se halla en la lista de aves en peligro de extinción. Sus mayores depredadores son los armiños, los perros y los gatos de casa, y desde luego el hombre, el animal que mayor daño y destrucción ha ocasionado en este planeta, experto en armas de fuego, armamento químico, proyectiles de fragmentación, agentes nerviosos (gas sarín, somán, VX), armas biológicas antipersonales (ántrax, ébola, encefalitis japonesa B, viruela), armas atómicas de uranio y plutonio, bombas termonucleares y, por supuesto, contaminación de las aguas, suciedad por medio de residuos orgánicos y plásticos, sobrepoblación, *bullying*, discriminación racial y sexual, violencia de género, academicismo humillante, partidos políticos conservaduristas y progresistas, guerras santas y enfermedades crónicas causadas por serios desórdenes nutritivos.

En cuanto a la reproducción del pájaro kiwi, las hembras

de la especie depositan de uno a tres huevos blancos en una madriguera que suele excavar el macho; cada uno de estos huevos, además, equivale al 25% del peso de la madre, por lo que el kiwi es considerado el ave que pone los huevos de mayor dimensión en relación con su tamaño en edad adulta (toda una hazaña para un pájaro no volador y de andar un tanto deslucido). Por regla general, los machos realizan la incubación de los huevos durante un período que se extiende por unos setenta o noventa días. Ninguno de los progenitores, asimismo, se encarga de alimentar a los polluelos, que son criaturas completamente nidífugas al salir del cascarón, aunque es cierto que permanecen cerca de su suelo natal durante las primeras semanas de vida, aclimatándose con calma a las leyes de la supervivencia y la muerte y a la angustia cotidiana de ver su imagen reflejada en un arroyo.

Antes de la llegada de los seres humanos a territorio de Nueva Zelanda, los kiwis ocuparon el nicho ecológico que en otras partes les pertenece a roedores como las ratas de campo y los lirones, por lo que desarrollaron características de animales exclusivamente nocturnos, alimentándose de insectos, larvas y frutos caídos, y apoyándose sobre todo en los sentidos del tacto y el olfato. De este modo redujeron el papel funcional de los órganos visuales, que en esta especie desempeñan un trabajo típicamente subordinado. Algunos zoólogos, de la misma forma, han propuesto en un artículo recientemente difundido por la revista *BMC Biology* que el kiwi podría estar sufriendo una regresión ocular positiva, en vista de que en ciertas poblaciones de kiwis pardos con ceguera (*Apteryx rowi*) las dolencias de los ojos parecen no comprometer el desempeño biológico del animal.

Actualmente, The Somerset Reliquary, un pequeño museo de curiosidades ubicado en el barrio de Brooklyn (270 Metropolitan Ave), en Nueva York, mantiene una controvertida exposición llamada «*A Small Epic Poem*» (Una pequeña epopeya), en la cual un kiwi marrón de la Isla Norte (*Apteryx mantelli*), separado de sus semejantes y de su hábitat natural, es grabado veinticuatro horas al día por dos micrófonos omnidireccionales y nueve cámaras de vídeo (tres de ellas infrarrojas) dentro de un cuadrilátero de cristal cubierto de césped y algunos obstáculos de madera; todo ello bajo los parámetros de lo que las curadoras de la pieza describen como un «*reality show* que registra la capacidad de conservación del animal bajo fuertes medidas de encierro.»

Desde hace veinticuatro horas, tres días después de abrir la exposición al público de la ciudad, al menos cinco grupos ambientalistas y otras tantas sociedades de ornitología, entre ellas el Brooklyn Bird Club y la asociación Audubon New York, así como funcionarios del Consulado General de Nueva Zelanda, han iniciado una campaña en vivo y en redes sociales por el cierre de la muestra, por considerarla antiartística, poco ética, y sobre todo reprensible tanto bajo la ley estadounidense como bajo la legislación de protección de especies nativas neozelandesa. Las artistas a cargo de la exposición, Olivia Harris y Sophie Wang, una pareja de exiliadas y activistas radicales oriundas de Auckland, han declarado ante las cámaras de WNYW (Fox 5) que no serán intimidadas por los lacayos del Parlamento Neozelandés ni por los «cerdos capitalistas» de la Audubon Society, quienes, en su opinión, se dedican a «explotar aves vendiendo calendarios y almacenando el sonido de sus cantos de apareamiento en relojes de pared.» Hasta el cierre del reportaje, de acuerdo con Diane Norville, la periodista encargada de la nota, un total de treinta y seis personas había visitado la exposición del kiwi en The Somerset Reliquary, aunque se esperaba que el número de visitantes se redujera considerablemente debido a la controversia creada por Harris y Wang y a la posible clausura de la muestra por parte del gobierno de la ciudad de Nueva York.

En medio de esta coyuntura y del caos político y discursivo creado por las artistas, una de las personas que todavía no ha tenido la oportunidad de ver la exposición del ave es una niña afroamericana llamada Felicia Walker, residente de la zona oeste del barrio de Queens, quien fue apodada «kiwi» por sus compañeros después de ver un vídeo sobre especies en peligro de extinción en una clase de ciencias naturales de quinto grado. Al igual que el ave nacional de Nueva Zelanda, Felicia tiene un andar insólito, en su caso debido a una artritis juvenil que está siendo tratada pero que, al no tener cura, le impide mover las piernas con normalidad. A Felicia, sin embargo, no le molesta demasiado el apodo que sus compañeros han elegido para ella; aunque comprende que se trata de una mofa cruel, como tantas otras bromas crueles creadas por miles de niños crueles alrededor del mundo, el sobrenombre la complace porque entiende que la dota de cierta cualidad científica. Lo cierto es que Felicia Walker participó del visionado de aquel documental sobre la extinción de las especies hace algunas semanas y se enamoró en secreto del pequeño kiwi neozelandés, de aquellas alas inútiles de 4 cm de largo y de esa materia redonda que compite en simpatía con un pompón de lana. Aunque sus maleducados compañeros de *elementary school* piensen que le causan un martirio severo, en realidad no se han dado cuenta de que sus tácticas antisociales nutren el espíritu de superación de Felicia, así como sus lecturas vespertinas en la biblioteca. Ella desea ir a la Universidad de Princeton y convertirse en el futuro en una científica ilustre, no precisamente en una doctora en medicina, como pensaría la gente cuadriculada que siempre la califica anteponiendo su enfermedad a sus gustos personales, sino en una investigadora de cuerpos celestes: una experta en astronomía, tal y como lo fueron alguna vez Copérnico, Edwin Hubble y Vera Rubin.

Precisamente en torno al tema astronómico, uno de los libros que Felicia ha leído con atención en la biblioteca habla sobre el tamaño de las galaxias y sobre las distancias en el universo, subrayando que el universo que conocemos se propaga o se retrae (dependiendo de la ecuación utilizada), pero que nunca se detiene: nunca parece estancarse. Ese mismo libro se refiere a la Vía Láctea como una galaxia espiral relativamente común entre otras galaxias espirales, que no es ni muy grande ni muy pequeña, y a la vez deliberadamente mediocre, como postula el principio de mediocridad astronómico (la noción de que nuestra existencia no debe tomarse como un principio céntrico ni como una rareza, sino como algo mucho más corriente), pues al parecer nuestro sistema solar no tiene una estrella extraordinaria (es solo una enana amarilla como cualquier otra) ni los seres humanos viven en un planeta atípico entre planetas típicos, sino que todo lo que enorgullece al hombre y a la mujer, todo aquello que le da sentido narcisista a la civilización y a la superioridad del intelecto del *homo sapiens*, es en realidad una circunstancia bastante repetida y posible, que puede multiplicarse a través del tiempo y el espacio en infinidad de galaxias lenticulares, espirales o elípticas, en sistemas planetarios o estelares y en otros mundos rocosos y habitables como la Tierra. Esta idea, aunque no sea completamente aceptada, nos empuja a pensar más allá del mórbido azar extraterrestre y a abrigar la puntualidad de una probabilidad matemática acerca del polvo de estrellas que nos constituye, ya que los números y las observaciones telescópicas, a pesar de que pocos se atrevan a asegurarlo, nos indican con mayor insistencia que el vecindario cósmico y la consciencia inteligente parecen más una constante que una mera hija de la fortuna y la fe. Estas idas y vueltas intelectuales, desde luego, presentan un sinnúmero de dudas para la pequeña Felicia Walker, inquietudes que van, por ejemplo, desde la recreación del cerebro del pulpo del Pacífico Norte en un millar de planetas extrasolares hasta la cantidad de ramas de un ficus recién nacido o la condensación del agua en las inmediaciones de la estrella gigante Alfa Tauri. ¿Cuántas veces, entonces, un ser humanoide ha descubierto el enigma del fuego o bombardeado el núcleo de un átomo más allá del cinturón de Kuiper? ¿Cómo imaginar, ante todo lo dicho y ante todo lo que esté por revelarse en el futuro, que un pájaro kiwi torturado dentro de una caja de cristal es irreversible, definitivo en su origen terrestre, y completamente nuestro?

Sobre algunas cosas que Hans Bellmer nunca hizo

El Arte es juego de los siglos y el último juego ha sido a quién escamoteaba más la realidad.

RAMÓN GÓMEZ DE LA SERNA

De ese artista surrealista polaco llamado Hans Bellmer tenemos algunas certezas que apuntaremos en las siguientes líneas. Sabemos, por ejemplo, que nació en el seno de una familia de Polonia, en la ciudad de Katowice, y que era además un fotógrafo inclinado por el surrealismo. Su nombre de pila era Hans Bellmer, y por esa razón no debemos confundirlo con el de Claude Debussy. El compositor Debussy, aunque parezca completamente absurdo en este caso (otra señal de esa miseria occidental última que enreda todo a causa de la falta de conocimiento y de la carencia de fondos públicos para los maestros de humanidades y bellas artes), no era exactamente un artista surrealista polaco, sino un compositor impresionista francés, para muchos quizá la figura más notable de esa tendencia musical. Nació en el año 1902 (nos referimos ahora a Hans Bellmer y no a Claude Debussy), y es reconocido por una serie de maniquíes deshumanizados en los que fantaseaba sobre el cuerpo femenino y el deseo carnal, sobre todo por la primera de estas esculturas, una muñeca erótica sin cabeza convenientemente llamada *Die Puppe*.

Gracias a lo que hemos recogido de su biógrafo principal, sabemos que Hans Bellmer vivió en Berlín hasta el brote de la Alemania nazi, y que se trasladó hacia el año 1938 (siempre tomando como medida influyente la guía gregoriana a pesar de sus deficiencias), a la ciudad de París. Sabemos, igualmente, que en el año 1966, un año común que se inició en sábado, según el calendario que preserva nuestra cultura, Hans Bellmer realizó una exhibición retrospectiva de parte de su obra en el Museo Ulm, en la ciudad de Ulm, en el estado alemán de Baden-Wurtemberg. Tenemos entendido además que el artista surrealista polaco Hans Bellmer murió de un cáncer a la vejiga el 24 de febrero de 1975, y que tenía setenta y dos años de edad cuando esto ocurrió.

Ahora bien, lo importante para nosotros no es precisamente

indagar en las acciones exactas que Hans Bellmer efectuó durante su agitada vida de artista polaco inclinado por el surrealismo, sino más bien en las que no hizo, en aquellas actividades que por diversas razones históricas y cotidianas nunca alcanzaron ni su centro de gravedad ni su camino pontificio acerca del origen del deseo y de la imagen del deseo. Pues Hans Bellmer, como es evidente y razonable, no hizo una serie de cosas a lo largo de su vida que nos parecen de regocijo vital para la humanidad de nuestros tiempos y para la generación futura. Por ejemplo, tenemos la absoluta certeza de que el artista Hans Bellmer jamás pisó las baldosas de Pariser Platz con estas gafas de sol puestas:

Y eso lo sabemos por diversas razones. Primeramente, estas gafas de sol, ahí donde las observan, en realidad no existen, ya que no son parte de lo que los seres humanos entendemos como el indubitable mundo concreto, sino de lo que sencillamente identificamos con el rústico nombre de representación, y al ser estas gafas solamente una representación de unas gafas de sol auténticas existen tan solo en el mundo imaginario de lo representado (ahora, lamentablemente, y aunque suene cortante decirlo, no vamos a plantear hipótesis sobre la eventualidad de otros mundos o de planos de existencia paralelos; no obstante, ¿se imaginan ustedes cómo son los días comunes y corrientes en ese cronotopo adyacente donde los *triceratops* nunca fueron enterrados ni por la nube de polvo y azufre ni por el superinvierno?).

En fin, volvamos a lo que nos incumbe. Decíamos que esas gafas son únicamente una representación. Lo mismo que una pintura de bañistas en las playas de Mykonos o Santorini o que un documental sobre la contaminación del aire en Shijiazhuang (una ciudad asiática donde las mascarillas y los tanques de oxígeno son parte forzosa de la vida y donde el ser humano está destinado a mutar cada veinticinco minutos). Todas ellas, desde luego, son representaciones de algo, incluso aquellas que documentan un problema social entre grupos étnicos o las que encierran en su composición un mensaje político muy influyente, y también aquellas que hacen alarde de la gran memoria histórica del artista. Todas y cada una de ellas, al igual que las gafas de sol que les mostramos y que Hans Bellmer nunca palpó ni adquirió, no son más que representaciones creadas para ocasionar un efecto en el público o en el observador. Lo mismo que esta pieza literaria llamada *Sobre algunas cosas que Hans Bellmer nunca hizo*, porque alguien (Salvador Luis en este caso) decidió qué narrar, y porque alguien (Salvador Luis nuevamente) resolvió qué observar, o (en el caso de un largometraje de realismo grotesco de Marco Ferreri) desde qué planos cinematográficos intervenir la imagen de un cochecito de inválido con motor, o (en el caso del pintor tardobarroco Cristoforo Munari) qué tonalidades de azul o amarillo mezclar en los territorios de un bodegón de cocina, y (en el caso de una serie intercalada de versos de la poeta Blanca Varela) quiénes son los sujetos poéticos y cuáles los objetos.

Las representaciones, como decíamos, son ciertamente falsas verdades, manipulaciones bien o mal articuladas que toman la apariencia de las muñecas de Hans Bellmer o de las series de televisión neogóticas de los hermanos Duffer. Nos hacen felices a sabiendas de la infelicidad de otros, y otras veces nos causan una honda tristeza en base a lo mismo. Ocasionalmente, claro, las representaciones no significan nada a simple vista. Y debido a esa nada la significancia de la obra y el significado de la misma se hacen ambiguos e incluso un poco menos digestivos para quien intenta descifrar su código. Esas gafas de sol que Hans Bellmer nunca se puso, por ejemplo, podrían interpretarse de varias maneras, pero lo cierto y lo que nadie podrá negar jamás es que se encuentran aquí simplemente porque las incluimos de forma arbitraria en un texto titulado *Sobre algunas cosas que Hans Bellmer nunca hizo*.

Ahora bien, prosiguiendo con la vida que Hans Bellmer no vivió en el mundo que conocemos, podemos decir con absoluta certeza que el macabro derrame cerebral que sufrió en 1971 nunca tuvo lugar para nosotros y que, debido a ello, el año 71 fue un año feliz y sin mayores contratiempos para este fotógrafo polaco inclinado por el surrealismo. Fue el mismo año, además, que Hans Bellmer soñó con un impresionante acelerador de partículas de 50 kilómetros de largo que aún no ha sido construido en nuestra época (estamos a 2018 del sistema de organización cronológica impulsado por el Papa Gregorio XIII), pero que tal vez, según refieren los ingenieros a cargo de un proyecto similar, empiece a colisionar electrones con positrones a partir del año 2021.

El acelerador planificado por los científicos de nuestra época, desde luego, no tiene la forma de una muñeca deshumanizada, eso solamente lo percibió Hans Bellmer en un sueño sobre la imagen del deseo que nunca tuvo lugar en la vida auténtica pero que sí percibió en la irrealidad de esta insubstancial representación suya. Porque las representaciones, por momentos, tienen esa característica también, esa identificable y muy bien remunerada insustancialidad. ¿O acaso piensa usted que es de vital importancia para el ser humano leer los relatos que escribió Bret Harte acerca de los pioneros y el destino manifiesto de los Estados Unidos? ¿O asistir a una proyección en orden cronológico de todas las películas dirigidas por Claude Chabrol que protagoniza Stéphane Audran? ¿O prestar atención al estribillo de una canción realviceralista paraguaya? ¿Usted en verdad piensa que algo semejante es medular para la subsistencia del ser humano o en realidad ha sido, una vez más, convertido en víctima por los dispositivos y los tentáculos del capitalismo avanzado, por su falso *prometer*, por su falso *propagar*, su falso *servir*?

Esta pieza literaria insubstancial acerca de algunas cosas que Hans Bellmer nunca hizo, por cierto, será impresa en serie en corto tiempo y vendida a precio de mercado una vez que esté empacada dentro de la envoltura correcta. Es lo que corresponde, evidentemente, a toda representación que flota en las aguas de este infierno universal, a todo gran espectáculo del desastre. En la era del capitalismo avanzado, a esta clase de mercancía en prosa le llamamos un producto cultural, aunque algunos individuos a corregir, entre los que figuran pedófilos, borrachos y varios abusadores aplaudidos, la califican platónicamente con el nombre de pieza de arte para poner en valor lo *alto* de lo *bajo*, lo *bello* de lo *feo*, y así vivir felices en un cuento de hadas donde un aprendiz de mago hace bailar baldes y escobas siguiendo la sinfonía de una orquesta.

Vaya, lo sentimos mucho. Esta meditación ha tomado un cauce que no esperábamos y se ha ido por la tangente. Por favor, sepan disculparnos. No somos ni de izquierda ni de derecha, la verdad. Solo somos una pieza literaria llamada *Sobre algunas cosas que Hans Bellmer nunca hizo* y como tal nos hundiremos en la más pestilente y bochornosa masa de excremento que jamás haya visto o imaginado nuestra especie. Hay, dicho sea de paso, una masa humanoide con esos rasgos excrementicios en una historieta de acción angloamericana, no se nos viene a la mente ahora el nombre del artista, pero es una masa de mierda colosal que definitivamente representa la brutalidad del devenir natural de las cosas: una síntesis visual del fin de los tiempos.

Ahora bien, en otro impromptu alucinatorio acerca de lo que Hans Bellmer no efectuó durante su agitada vida de artista polaco surrealista valdría la pena hablarles de las numerosas posibilidades de integración y desintegración a partir de las cuales el deseo da forma a la imagen del deseo en el cuerpo de un armadillo. Gracias a su biógrafo principal, sabemos con certeza absoluta que Hans Bellmer nunca retrató a un armadillo en vida, pero en la irrealidad insubstancial de esta representación literaria la posibilidad de un retrato del armadillo es posible, y tal vez hasta irremediable. Lo cierto es que el caparazón del armadillo simboliza un escudo de energía protectora que nos enseña a definir nuestro espacio, un espíritu, si se quiere, de dureza. El deseo sexual se encuentra legítimamente atrapado en él, es presa del caparazón del armadillo, como el armadillo, por asociación, es presa del deseo sexual. Esta representación fotográfica inexistente de la relación simbiótica entre armadillo, deseo sexual y caparazón nos lleva a pensar también en la relación simbiótica que existió entre la enfermedad incurable y avanzada que aquejaba a Hans Bellmer y el propio Hans Bellmer, un reconocido fotógrafo surrealista de maniquíes eróticos que de ninguna manera debemos confundir con el compositor impresionista francés Claude Debussy. Claude Debussy, valga la aclaración, nació en 1862 y murió en el año 1918, víctima de un cáncer colorrectal, una enfermedad que en nuestra época, y a pesar de la corrupción y la metástasis nefasta de su pasado, nos empuja hacia la gloriosa estilización de los objetos, que es «lo único invencible», según Ramón Gómez de la Serna, «lo único que se sobrepone al mundo en el mundo.»

La estilización, decíamos, nos propulsa ahora hacia la duplicidad de las apariencias, hacia la imagen del destrozo, y ese estímulo idólatra es el que provoca en este preciso momento la pose de una niña sentada besándose una de las axilas: el deseo y su prohibición, dirían algunos, la escisión del yo que sufre una excitación y del yo que crea una excitación al hallar en aquella axila virgen que Hans Bellmer no dibujó a las siete de la tarde, sino a las dos de la tarde, un portal hacia una quinta dimensión demoniaca y tecnológicamente sublime. (Ahora, aunque suene asombroso decirlo, sí sugeriremos otros mundos o planos de existencia paralelos, ¿se imaginan ustedes, entonces, cómo se desdoblan los días comunes y corrientes en ese cronotopo adyacente donde las leyes de nuestra realidad se embrollan con las de una inteligencia artificial todopoderosa?).

En principio, naturalmente, podríamos estar hablando de ese otro mundo como una simple percepción-sueño, una fractura onírica que se rebela contra los sistemas de ordenación convencionales y contra el sol templado del atardecer, pero conforme avanzamos a través de la oscuridad de la axila erótica de la niña y nos acercamos a esa quinta dimensión demoniaca somos testigos de cómo el interior de la carne humana va cediendo hacia una nubosidad gris, un cielo despojado de lógica anatómica que nos da la bienvenida a esa nueva presencia, ese estreno visualmente contaminado que habita en el punto de oposición entre el mundo de la representación erótica de una niña y el mundo aparatoso de un demonio cibernético que no sabemos si es sueño pútrido o infalible realidad, donde de pronto todas las facultades cósmicas del universo representacional del artista polaco Hans Bellmer se tuercen y evolucionan hacia las facultades predominantemente eléctricas de millones de cuerdas metálicas que se elevan y parecen formar en su elevación un gran tronco de circuitos integrados hacia las alturas de aquel cielo de color plomizo. Allá arriba, en la inmensidad ignota que ahora se descubre ante nosotros, hay una Estructura Pensante, provocadora y opresora a la vez, incandescente y suprema. Una gran vulva globular que es dueña del más alto y puro raciocinio, guardiana del mundo mecanicoelectrónico, de esta desconocida confederación tecnicobiológica que se halla en los límites de la axila exterior. Es una sola red mental y también un solo protocolo de transmisión y sometimiento. Y con aquellos impulsos resplandecientes, con la fuerza de sus generadores de energía y de un vasto conjunto de giroscopios ópticos, parece decirnos que ella nos salvará de los Peligros de la Tierra Antigua, que no debemos temer a nada que hayamos creado en nuestros polígonos industriales ni a ningún ser de nuestra especie porque al fin nos encontramos en el imperio de la auténtica comandante atmosférica.

Intervención voluntaria

Hice pasar cien veces en mi imaginación esta pequeña película con algunas variantes.

ALBERT CAMUS

Mathias y yo estuvimos siempre obsesionados con los miedos que construyen o degradan la identidad de las personas y con la fabricación de catálogos de especies perfectas. Deseábamos escribir juntos un guion de cine que reflejara la manera en que la vivíamos e idealizábamos, una identidad diferente a la que nos definía, sin corrupciones indecorosas ni rasgos que quebraran la convenida simetría del Yo, una identidad que residiera en la estabilidad de lo conocido y en una ordenada escrupulosidad hacia la naturaleza más placentera. Ese era el único propósito que teníamos en aquel amplio sótano que padres y hermanos convirtieron en nuestro hogar y salón de trabajo; en el sótano únicamente debíamos divagar, perdernos en la espesura de un mundo fractal y subterráneo, escribir acerca de lo que percibíamos y entendíamos de la superficie siendo quienes éramos, sin estorbos, como si se tratara de un oficio desplegado libremente en la infinitud de una teoría de cuerdas vibrantes. Nunca, sin embargo, nos propusimos salir del sótano-hogar de aquella Subterra, y en verdad hubiera sido una tarea imposible debido a la forma cilíndrica de nuestro habitáculo, a las lisas paredes metálicas, sin graderías, que impedían la subida a la superficie, y a los haces de luz solar que irremediablemente reprimirían ese tímido avance al tocar la morbidez de nuestra piel enfermiza una vez que saliéramos del ascensor de carga; pero a cambio de aquella vida en el fondo de la tierra y la imposibilidad de contacto, podíamos hacer y construir con autonomía una obra, alejados del ruido del mundo exterior, de distracciones como el amor adolescente o el amor perverso, lejos de payasos y piruetas con aros de fuego y pretenciosos aniversarios que solo servían para reiterar la brevedad de la vida humana; podíamos, en aquel entonces, aprovechar una inmensa filmoteca personal que recibía nuevos títulos con frecuencia, cortometrajes de Slavko Vorkapić y experimentos visuales de Marie Menken, o leer un sinnúmero de obras de teatro vinculadas a distintas tradiciones y escuelas.

En su momento, nuestros parientes diseñaron la cotidianidad del habitáculo con precisión y alejando el displacer y la monotonía de nosotros. La compuerta del ascensor de carga que nos suministraba de lo necesario para vivir debajo de la superficie se abría cada día lunes, trayendo consigo desde agua purificada, jabones de glicerina y alimentos varios, hasta tratados sobre palíndromos y capicúas, así como crucigramas y juegos de estrategia que Mathias y yo devorábamos como si fuésemos alimañas insaciables. Ciertamente, nada nos hacía falta en la Subterra, ni la música, archivada en cientos de carpetas en un disco rígido conectado a un reproductor compacto, ni las proyecciones de películas protagonizadas por aquellos gestos retorcidos de Klaus Kinski o los ojos fúnebres de Barbara Steele. Con el paso del tiempo, empezamos a denominar aquel destino en el sótano una intervención voluntaria, porque a través de nuestro arte y voluntad interveníamos la vida que nos había tocado, y porque, a la misma vez, sabíamos que era nuestro deber aliviar al mundo de la materia desbordada y la deformidad que representaban nuestros organismos. La clave para alcanzar dicho fin se hallaba en aquellas palabras y escenas que entrelazábamos diariamente para narrar nuestra identidad y la del mundo exterior en forma de artefactos audiovisuales, enviando a la superficie cada cierto tiempo, a través del ascensor de carga, guiones y resúmenes técnicos con los detalles de los encuadres y los efectos de iluminación que proponíamos a los realizadores de las obras. Es cierto que ocultábamos nuestra fealdad y diferencia —la carne astillada y las falanges de pústulas en el abdomen—, pero lo hacíamos con el afán de brindar regocijo a todas esas personas que jamás veríamos en el plano físico de la Subterra que blindaba nuestros cuerpos, seres impalpables en el hábitat cilíndrico de metal que sin embargo podíamos intuir felices en alguna parte gracias a nosotros —en esa neutralidad oscura de la sala de proyecciones—, después del visionado de un filme que había cobrado vida subterráneamente y en el marco de la plenitud y la dedicación que resultaba de las largas horas de encierro y trabajo.

Cuando los diarios y las revistas de crítica que llegaban a la Subterra hablaban de modo elogioso acerca de un reciente estreno del que habíamos formado parte, nuestros cuerpos jorobados iniciaban excitadamente un nuevo círculo de creación, ofuscados y a la vez asaltados por una pasión artística que habíamos aprendido leyendo el teatro del absurdo de Adamov o estudiando una y otra vez a Goldberg y McCann, esos desasosegantes personajes imaginados por Harold Pinter y revelados en el mundo amenazador de *La fiesta de cumpleaños*. Lo cierto era que en aquellos trances nocturnos, invadidos por oscuras aguas salobres e inmoderadas entelequias, Mathias y yo buscábamos juntos la función exacta del lenguaje y la regularidad de diálogos que se apoyaban en la contradicción, influjos de la dramaturgia irracional del siglo XX que podríamos destinar después a nuestros propios textos audiovisuales. Naturalmente, ambos vivíamos deslumbrados por lo que todavía seríamos capaces de descubrir más allá de los límites que las obras anteriores habían establecido para nosotros; había, en efecto, un público inmanente al cual ofrecerle los hilos de la trama cinematográfica, una audiencia ansiosa de relatos en movimiento a la que deseábamos entregarle aquella voluntaria intervención que fluía desde los confines del sótano-hogar, donde a la misma vez éramos creadores de vida y silenciadores de la carne distorsionada que habitábamos.

A la postre, indudablemente, todo se reducía al sacrificio de dos aberraciones humanas a cambio del bienestar de lo bello: fealdades por lindezas, maldiciones por fortunas, la desviación de un sátiro por la pulcritud de una ninfa. Nuestra deformidad, no obstante, no era un castigo de los dioses ni la antropomorfización del displacer. Sin aquella enfermedad cutánea y los bultos erizados que definían la cosmografía de nuestras cabezas jamás hubiéramos creado la obra para la cual habíamos nacido. Éramos tan conmovedores y patéticos como Klaus Kinski bebiendo una taza de té en la Amazonía inhóspita o como los vestigios de El Hombre Elefante expuestos al público en un museo que rinde culto al cuerpo y sus extraordinarias formas de representación. Mathias y yo, obviamente, estábamos predestinados desde la apertura de la cavidad anatómica de una madre sin rostro, aquella madre omitida de nuestro campo visual que sin embargo nos había conducido a una región del universo donde nada era como en el exterior. A ese conjunto voraz de heterogeneidades somáticas y malformaciones en los huesos le debíamos nuestra singular experiencia vital en el fondo de la tierra. ¿Qué vida no es singular respecto a las otras?, sin embargo. ¿Qué vida no es misteriosamente ajena en comparación con las demás formas de existencia?

Aquellas bóvedas de la anomalía, sus criptas, nuestra intervención voluntaria donde solamente llegaban las lámparas de luz artificial, a ellas consagrábamos diariamente el oficio y el arte, el discurso de la estética novedosa y el de la caduca, los patrones de estilización, las palabras y los símbolos, la morfología del entramado narrativo y también el gran sustrato, el único sustrato legítimo después de nacer en la irregularidad de los espinazos informes y el arqueamiento de la columna vertebral: el fundamento de la belleza. Una belleza prodigiosa, decíamos con orgullo Mathias y yo, iniciada a su vez por un par de monstruosos prodigios. ¿En qué otro mundo existía esa clase de belleza?, era la pregunta continua. ¿En qué otros mundos una matriz semejante? Sabíamos, claro, que éramos criaturas atípicas, como aquellos besos y caricias que la señora Macbeth era incapaz de producir sin una pátina de fobia, el producto de una insólita maravilla de la reproducción humana, y procurábamos ante todo mantener viva la singular diferencia que nos definía e identificaba entre las creaciones del mundo. A pesar de aquel firme aislamiento en la Subterra, la degradación crónica de nuestros cuerpos era como una muestra inmortal de un plato de flores podridas, como un cortometraje en trayectoria circular del momento en que la poeta Pizarnik ingiere las cincuenta pastillas de barbitúricos y se mira al espejo después de cerrar la tapa de la botella, así entendíamos el porvenir de nuestra carne. Mathias y yo, ciertamente, conformábamos la esencia primordial de un mundo ordenado a través de la irrupción de una temible insolencia somática, esa polución que la superficie necesitaba constantemente para revalidarse día con día, otredades que cuidaban de la supervivencia y de la hegemonía del discurso de aquellos que se consideraban inatacados por la impureza de la forma.

Un día, sin embargo, algo cambió entre nosotros. Mi enfermedad y las malformaciones que la acompañaban entraron en remisión, y Mathias y yo nos vimos sobresaltados por una gran incógnita vital. Impensadamente, desaparecieron de mi antiguo organismo ruinoso la carne astillada y las pústulas que establecían el código semántico de mis facciones, provocando la entrada de un cuerpo alternativo, sin pelaje notorio ni rugosidades en la piel. Perdí rápidamente los bultos erizados de la cabeza, toda aquella música concreta dicigótica que me había formado, y me alteré de una manera tan violenta e irreflexiva, tan profana, que la constitución del sueño armónico que nos unía a Mathias y a mí se desvaneció para siempre. Mi hermano, ahora un hombre distinto, sufrió también una alteración y ya no pudo volver a mirarme, y empezó así a vendar sus ojos para terminar de separarnos física y simbólicamente, sometido por el displacer visual de una presencia que sin duda era incomprensible y antinatural para él. A través de aquel velo negro Mathias me refutaba del mismo modo que el mundo de arriba oponía su simetría fundamental y la resguardaba de nuestro habitáculo subterráneo. Por su cuenta, llegó a la conclusión de que él constituía el último eslabón de nuestra primera esencia, y que yo, antigua manifestación femenina de una experiencia de deformidad común, había quebrado de repente el pacto que por maravilla o ilógica naturaleza evolutiva demarcaba nuestros cuerpos del resto de la materia humana. Era innegable para mí, desde luego, que su conclusión se apoyaba en un razonamiento falaz, un paralogismo por afirmación del consecuente que había llegado de súbito una noche, después de una pesadilla simultánea,[1] y que descalificaba nuestra relación al

---

1 Recuerdo que lo más peculiar del sueño que tuvimos fue su anormal apariencia cinematográfica; no se trataba de una escena en acción sino de un breve montaje de diapositivas acerca de la comodidad de la vida urbana en el mundo moderno. Bajo una forma fragmentada y con un lenguaje que promovía

tomar como verdadero un indicio que no garantizaba la exactitud del argumento que Mathias intentaba probar: *Si mi hermana no es un monstruo*, pensaba sugestionándose, *entonces es bella. Mi hermana es bella*, se decía a sí mismo ignorando todas mis reposiciones, *por lo tanto, no es un monstruo*. Yo, sin embargo, aún lo era por dentro; tan monstruosa y marginal como él, tan caótica y desbordada como la enfermedad que nos había parido en aquella superficie distante que no podíamos acariciar desde la Subterra. Yo aún era Léa Martens, la hermana deforme y horrenda de Mathias.

---

ideales artificiales, la secuencia pretendía imitar la campaña de presentación de un producto comercial, en este caso las ventajas de un edificio de apartamentos recién construido, alto y de líneas severas. La edificación publicitada en el sueño nos hizo pensar de inmediato a Mathias y a mí en una joya olvidada de la arquitectura constructivista, uno de esos complejos de viviendas erigidos alguna vez en Estonia que asemejaban vehículos espaciales soportados por las patas de un insecto metálico y descomunal. Era obvio, sin embargo, que aquel filme onírico se desarrollaba en algún lugar de la expansión estadounidense, en una gran metrópoli donde todo parecía existir tutelado por la simetría y cumpliendo una proporción cúbica. Cada tantos segundos, mientras una voz en off exponía las bondades de aquel admirable edificio («baños inmaculados que copian los espacios de un laboratorio de medicina, intercomunicadores en los elevadores y los pasillos, vidrieras expandidas para guardar cadáveres de exposición que representan padres e hijos y animales domésticos»), se escuchaba el sonido seco del proyector anunciando el fin de una diapositiva y el comienzo de otra imagen. Era una escena bastante simple de producir, pensamos Mathias y yo, imaginando los factores técnicos y financieros de un cortometraje que nunca rodaríamos y que tal vez por eso nos maravillaba enfermizamente: al ver la escena en el sueño era imposible no sentir de inmediato el vacío materialista de toda la especie humana y su ridícula manera de autosatisfacerse con la celebración de objetos ociosos, así como la pérdida de la propia identidad después de una caída aparatosa en una laguna de heces.

Tomé entonces las almendras amargas que guardaba en una vieja lata, las treinta y siete almendras amargas que llegaron al sótano-hogar desde la superficie en distintos cargamentos y que había escondido diligentemente, imaginando que algún día escribiríamos juntos un relato policial, una película de suspenso con una protagonista incansable y paradójica, que tuviese los ojos tétricos y el cabello fuliginoso de Barbara Steele. El polvillo que obtuve al pulverizar los frutos secos lo rocié sobre una crema de leche que después también mezclé con varias esencias. Todos los elementos, absolutamente todas las piezas de la configuración, convinieron en mi mente, y luego se transformaron en una innegable realidad en el comedor de aquel habitáculo cilíndrico: el plato de postre y la espátula, la tarta cubierta de crema. Un montaje de imágenes unidas por saltos visibles, y de repente el presagio del adiós representado por múltiples mujeres superpuestas en una pantalla fantasma, como si juntas formaran una Maya Deren asesina o la imagen de la diosa Kali sosteniendo con sus diez brazos cimitarras, copas de sangre y cabezas de demonios. Aún con los ojos cubiertos por el velo, y sin percatarse de lo que sucedía, Mathias probó del postre envenenado y metabolizó poco a poco el cianuro de los frutos secos. Su cuerpo jorobado y nebuloso —en medio de una rara asfixia— tropezó esa tarde con los muebles de la Subterra que nos había asilado hasta entonces. Lentamente, sus labios y piel fueron tomando un color azulado en el último tramo del malestar.

Aquella noche, me acosté sin probar bocado. Cerré los ojos queriendo olvidar lo que había ocurrido ese día, y paulatinamente me encontré abandonada y flotando entre gusanos en un pantano ajeno, como si estuviese esperando a un improbable Godot en una improbable comarca. ¿Qué otra explicación darle a dicho evento maravilloso sino la de la muerte cuando sabes bien que el sueño no es una posibilidad? ¿Qué hermano mellizo no se apaga cuando su copartícipe deja de existir en las honduras de la Tierra? Mi nuevo cuerpo lleno de simetría y perfección había abandonado el sótano-hogar para siempre al acabar con la vida de Mathias, yacía naufragado en un charco atemporal, cubierto de planarias necrófagas que poco a poco consumían la carne bella y los cartílagos. Podía sentir en los poros las bocas de los gusanos convirtiéndome lentamente en un endoesqueleto primordial y lúcido, sufrir su voracidad sin dolor, su apego a las leyes de una naturaleza extraña que, sin embargo, le daban a mi organismo una verdadera funcionalidad en aquel armónico equilibrio de despedida.

Cinco puntos hacia una teoría

Creo que vivimos en tiempos de sobreestimulación.

NICKI BRAND

El sadismo y el masoquismo son elementos complementarios. (No me cabe la menor duda).

La imagen del espectador dentro de la imagen cinematográfica, además de ser un recurso metanarrativo, es también un procedimiento autorreferencial. Indica, de tal modo, que el espectador no solo puede reconocerse como *el espectador de una cinta*, sino también como *el espectador del espectador de una cinta*.

Un libro reciente acerca de la angustia señala que las sensaciones de placer o de displacer no se deben a las cosas que las suscitan, sino a la sensibilidad peculiar de cada ser humano para ser encantado por algo (positiva o negativamente). De ahí, desde luego, la elevación de lo bello, y de ahí también el martirio de lo sublime.

Respecto a este mismo tema, los pensamientos del Filósofo han concluido que lo *sublime* es en realidad un signo de lo *terrorífico*.

En consecuencia, la señal UHF de la estación de televisión Videodrome, en el filme homónimo del señor David Cronenberg, no solo ataca las células fotosensibles de los solitarios, obsesos e incautos, sino que también las aviva.

Roderick en la niebla

Todos dicen que la realidad
Es un cubo negro. Pero tal vez
Somos nosotros que no vemos
No sabemos qué cosa es
La realidad y la confundimos
Con un cubo negro.

JORGE EDUARDO EIELSON

Supongamos que Roderick llega al mundo el 6 de junio de 1973 y fallece el 23 de octubre de 1999, casi veintisiete años después de salir de la abertura vaginal de su madre. Supongamos, al mismo tiempo, que desde muy temprana edad Roderick ha sido un fatalista por antonomasia, y que ha leído *Malone muere* semana tras semana desde que se topó con el libro en una venta de garaje el Día de los Enamorados de 1988 (se encontraba solo, y Abigail, la niña que le gustaba por ese entonces, ni siquiera le pedía sus apuntes de ciencias porque era *vox populi* en la escuela que Roderick tenía una letra ilegible). Supongamos que tras leer el libro de Samuel Beckett varias veces Roderick escribió en las últimas hojas de un cuaderno con espiral lo siguiente: «Degraël me encerró y no hay una salida. Esa es la historia. Ahora bien, primero sucedió lo de las zanjas y lo de mamá y la historia de la peonza también sucedió primero. Aunque el orden de las cosas, en el fondo, no tiene ningún sentido práctico. Ya nada lo tiene. Todo empieza donde otras cosas se estancan, o viceversa, o el viceversa del viceversa. La mitad de algo no deja de ser la mitad de algo y un universo concreto por sí mismo, con límites y dimensiones, con un cabo y un rabo, con dicotomías que se alargan o se detienen. Y el Universo se contrae. O se expande. Existen los agujeros negros. Y la frontera entre un agujero negro y el Universo se llama Horizonte de Sucesos. Nada puede escapar de un agujero negro. Absolutamente nada. La luz tampoco puede. Los agujeros negros son la demostración. Los agujeros negros están ahí para demostrar que nada puede escapar de ellos. Yo tampoco puedo. Tengo un pie en el Universo y otro en el Horizonte de Sucesos. Poco a poco desaparece mi pierna. Esto empezó en la punta de mi dedo pulgar, ahora se halla a la altura de la rótula. Más tarde se tragará el muslo. Pero no es una boca la que se hace de mi pierna. Es una especie de bomba de aire, aunque más indulgente. También podría tratarse de la mano de una mujer. Y si se tratara de la mano de una mujer, desearía que fuese la mano que me regaló el libro de los ratones. Porque los ratones fueron un obsequio agradable. Los guardé en mi pieza por mucho tiempo, incluso cuando ya había dejado de almacenar cosas en ese lugar y cuando ya no pertenecía a ese lugar. La antigua casa. Pero el libro de los ratones permaneció ahí. Y supongo que envejeció con los demás objetos de mi pieza, como todo lo que lo rodeaba. Incluso el polvo envejece, se convierte en una capa dura y parduzca. No sé si alguien volvió a leer el libro de los ratones cuando me fui de aquella pieza. Quizá un sobrino que nunca vi. En el libro hablaban de un gran salón donde desnudaban y asesinaban a ciertos ratones, a los más débiles, los desnudaban y luego los ratones que iban a morir al día siguiente recogían los cuerpos muertos y los apilaban en una fosa gigante.»

Supongamos que después de escribir esas líneas Roderick sospechó que una de sus principales dotes era inventar, crear aquello que algunos llaman lo literario, y que así como sospechó que una de sus principales dotes era esa, también concluyó que su futuro sería novelesco, como el del adolescente Stephen Dedalus: al igual que la historia de Stephen Dedalus su novela de aprendizaje ocurriría a lo largo de cinco episodios. Pero antes de escribirla Roderick debía aprender a utilizar ciertas palabras, palabras como: APORÍA NENÚFAR AVIESA ERGÁSTULA BRAGUERO CLAQUE ZALEMA LINTEL FEDAYÍN COFA SIMONÍA PIPISTRELO, y muchas otras con las que tropezaba de vez en cuando sin estar seguro de sus acepciones. Supongamos entonces que un día, a mitad del almuerzo, Roderick le pide dinero a su padre para comprar un diccionario que contenga por lo menos doscientas mil entradas, incluyendo términos biográficos y geográficos, palabras extranjeras y la mayor cantidad de americanismos permisibles, un diccionario grueso y de pasta dura. Supongamos que el padre de Roderick le dice que en casa ya tienen un diccionario, heredado de su tío el profesor de *kindergarten*, que incluso cuenta con varias ilustraciones de gallinas, ferrocarriles, manzanas y soldados rasos, que es un buen diccionario y que no necesita gastar el dinero en otro. Supongamos ahora que Roderick insiste y busca el apoyo de su madre (una mujer delgada y fumadora con un inconfundible acento sureño), y que la lacónica respuesta de su madre es «Por favor, Roderick, se va a enfriar el puré de patatas.» Supongamos que Roderick se enfada y que ese enfado le abre las puertas hacia un trance, y que Roderick entra en aquel trance y sueña despierto: se imagina que él es el gran Saturno y que sus padres son sus hijos, que los devora y los mutila delante de aquel puré indiferente y los vasos descartables, que empieza por sus cabezas. Ahora supongamos que Roderick sale de aquel trance con la misma velocidad con la que entró en él cuando su padre le dice «Quiero que mañana podes el jardín». Y entonces Roderick siente que su cuerpo se entumece. Le preocupa no tener un diccionario que le permita saber qué significa APORÍA NENÚFAR AVIESA ERGÁSTULA BRAGUERO CLAQUE ZALEMA LINTEL FEDAYÍN COFA SIMONÍA PIPISTRELO. Solo necesita un buen diccionario para acabar con su ansiedad. Pero su padre está empecinado en repetirle la lista de sus obligaciones: el césped necesita una poda y el césped necesita una poda y el césped necesita una dopa y el pésped necesita una mora y el mundo va a estallar si Roderick no se levanta temprano para arrancar la hierba mala y corta de una vez aquella maleza que los aflige.

Supongamos ahora que Roderick aún no ha leído *La espuma de los días*. Supongamos que Roderick aún no ha leído *La espuma de los días* y que, por ende, no se ha enterado de la existencia de un personaje tan prolífico como Jean Sol-Partre ni de su famoso arrancacorazones; no obstante, al menos por un momento, supongamos que Roderick sí ha tenido la oportunidad de leer *La espuma de los días* y que sí está al tanto del arrancacorazones de Jean-Sol Parte y que, coincidentemente, guarda el instrumento en el bolsillo izquierdo de sus pantalones, en el mismo bolsillo donde a veces deposita monedas de 1 centavo (*pennies*), con la efigie de Abraham Lincoln, 5 centavos (*nickels*), con la efigie de Thomas Jefferson, 10 centavos (*dimes*), con la efigie de Franklin Delano Roosevelt, 25 centavos (*quarters*), con la efigie de George Washington, y también envolturas de chicles y caramelos, cuando no un mondadientes. Supongamos ahora que Roderick saca el arrancacorazones del bolsillo de su pantalón y le dice a su padre «No voy a podar el jardín», y que esa negación a las actividades cotidianas que un muchacho de clase media está obligado a realizar, según un contrato familiar invisible pasado de generación a generación desde que se inventó la primera podadora de césped doméstica, ocasiona una explosión en cadena, un efecto dominó, un siniestro en serie, una destrucción escalonada KABOOM! BANG! FWOAM! KRAASH! en varias viñetas continuas que concluyen con un vacío, una pausa, el silencio que determina el fin de la masa ciclónica.

Dos páginas más adelante el padre de Roderick yace en el suelo, la madre lava los cubiertos con un cigarrillo entre sus labios y el arrancacorazones que en otro libro ensombreció la vida de Jean-Sol Partre ahora atenaza un órgano índigo con forma de prisma. Sangre por todo el piso. A Roderick aquel prisma le hace recordar el anverso de un álbum de Pink Floyd, solo que sin el espectro de la luz solar, y una canción de aquel disco, una canción acerca de un lunático que aguarda por todos los lunáticos en la cara oscura de la Luna. No obstante, nada de esto ha sucedido, porque Roderick aún no ha leído *La espuma de los días* y no sabe lo que le sucederá a Jean-Sol Partre. Además, no tiene las fuerzas suficientes ni las agallas (Roderick es un alfeñique) para derrotar a su padre en un combate cuerpo a cuerpo, aunque tuviese la ayuda de un arrancacorazones. Todo esto no es más que el sueño de una persona despierta. No es más que una lucha adolescente contra el Súper Ego. No es más que lo que Roderick imagina cuando imagina cosas. Entonces, mientras el cigarrillo de su madre continúa consumiéndose lentamente, Roderick escucha la misma orden autoritaria de hace unos instantes, pero multiplicada: «Quiero que mañana podes el jardín dos veces», y en seguida Roderick se transforma en un paralelogramo de papel crepé.

Ahora supongamos que el escenario es otro. Supongamos que Roderick es un fanático de El Hombre Murciélago. Supongamos que colecciona los cómics de El Hombre Murciélago desde los nueve años y que en su habitación hay pilas y pilas de historietas de Batman. Supongamos que Roderick lee un cómic en el que Batman llega al hospital psiquiátrico Arkham Asylum durante una noche lluviosa. Roderick lee con atención que El Hombre Murciélago entra en el calabozo del Joker para encarar el dilema que esa noche lo agobia. Batman desea que el Joker le dé una respuesta acerca de la vida y de la muerte: quién apretará el cuello del otro cuando la lucha entre ambos llegue a su clímax, quién matará a quién, por qué no confrontar lo que es cierto, por qué no hablar de una vez por todas de esa relación que siempre circunda la tragedia y que tarde o temprano acabará tiñendo sus manos, por qué no pueden entenderse. Pero el Joker no le presta atención. Juega a los naipes mientras Batman mueve los labios como un hombre sumamente cansado de levantarse de la cama día tras días para ir a una manufacturera, un hombre harto, un hombre que ya no sabe qué hacer... De pronto, Batman toma con brusquedad al Joker tratando de someterlo al terror de su máscara, los ojos fijos en él y, en ese preciso momento, cuando Batman estruja la ropa del Joker y se le hinchan las venas del rostro, se da cuenta de que el Joker con el que trata de dialogar no es el auténtico Joker sino un sustituto, un hombre que está suplantando al Joker, un doble con el cabello verde y el maquillaje de payaso que no es capaz de decir una sola palabra. El verdadero Joker ha burlado la seguridad del manicomio Arkham Asylum. Ha huido del calabozo. Ha escapado lanzando carcajadas a diestro y siniestro. Gotham City está a su merced.

Supongamos que Roderick no puede dejar de devorar las viñetas de la historieta, sus manos se han convertido en el papel de las páginas, el color de su piel es el color de la tinta negra que define las sombras y las siluetas, abstraído y ensimismado: Roderick es como el Joker. Es como el Joker cuando el Joker dispara a sangre fría. Es como el Joker cuando fotografía a Barbara Gordon desnuda. Es como el Joker cuando flagela al comisionado partiéndole los huesos y mostrándole las fotos de su hija lisiada por culpa de una bala en la columna vertebral. Roderick es como el Joker. Supongamos ahora que Roderick no es como el Joker. Supongamos que Roderick es en cambio como el barón Harkonnen, señor de la Casa Harkonnen, tirano de Giedi Prime, alguna vez un joven sublime que fue castigado con una enfermedad repugnante, una enfermedad que le hace engordar desmedidamente y que lo transforma, un ser pelirrojo y nauseabundo que por culpa de su corpulencia solo puede moverse con la ayuda de un aparato antigravitacional.

Supongamos que Roderick ambiciona la especia melange del planeta Arrakis al igual que la ambiciona el barón Harkonnen. Supongamos que Roderick es un rastrero y ha urdido un plan para hacerse de la especia melange. Supongamos que Roderick es una de las piezas de la confabulación en la que están envueltos la Casa Harkonnen y el Emperador del Universo Conocido. Supongamos que las intenciones de la Casa Harkonnen son exterminar a la Casa Atreides y tomar posesión de Arrakis, apoderarse de la especia melange, la sustancia más codiciada del Universo, por la que muchos han muerto por cerca de 30 000 años. Supongamos que Roderick ordena el asesinato del duque Leto Atreides. Supongamos que, tras aniquilarlo, y apoyado por el Emperador del Universo Conocido, Roderick se asigna el control de Arrakis y de todas las tierras donde se explota la especia melange. Supongamos que el hijo del duque Leto, el joven Paul Atreides, y su madre Jessica, nunca logran escapar de las fauces de los Harkonnen y mueren en las cuevas subterráneas de Arrakis, cazados por un sobrino del barón: la niña en el vientre de Jessica Atreides jamás nacerá y jamás vengará a su familia infectando al barón Harkonnen con una aguja envenenada.

Ahora supongamos que el barón Harkonnen mira las dunas desde el balcón principal de su palacio; todo Arrakis le pertenece, un territorio vasto y rico, y que el control de la especia melange le permitirá seguir engordando en poder, traicionar algún día a sus aliados. Supongamos que Roderick planea sigilosamente una conspiración contra el Emperador del Universo Conocido al igual que la planea el barón Harkonnen.

Ahora supongamos que Roderick no cuenta con un plan, que los planes y las preguntas le causan ataques y opta por no ponerse en esas situaciones. Roderick prefiere pensar en su perro. Supongamos que un día Roderick saca a su perro a pasear, un ovejero inglés de diez años llamado Murphy. Murphy es un perro amigable que sufre de cataratas en ambos ojos, un mal que heredó de sus padres y que muchos perros de su raza deben tolerar con frecuencia. A pesar de sus ojos enfermos, Murphy siempre ha sido una buena mascota, no escarba hoyos en el jardín ni muerde a la gente que no conoce, solo una vez rompió una maceta con aloes, pero la madre de Roderick lo pasó por alto debido a la condición de Murphy. Lo cierto es que Roderick y Murphy han congeniado desde que se conocieron y suelen dar paseos juntos por el vecindario, sobre todo por las tardes, que es la mejor hora porque el calor deja de ser excesivo, algo a tener en cuenta cuando un perro tiene mucho pelo, como en el caso de Murphy, y porque a esas horas Roderick ya se ha liberado de la escuela (Roderick asiste a la escuela secundaria William McKinley de la ciudad de Mobile, en el estado de Alabama). Lo cierto es que Murphy suele esperar a Roderick todos los días al lado de la puerta, y cuando oye la cercanía de sus pasos, empieza a mover la cola porque también ha reconocido el olor de Roderick. Este olor Murphy lo define como el signo de una circunstancia determinada, una circunstancia aprendida: la circunstancia que lleva por título RODERICK VUELVE A CASA. Con el transcurso de los años —se trata de un perro septuagenario— Murphy ha memorizado muchas circunstancias que él mismo ha titulado con sencillas construcciones, como, por ejemplo: circunstancia RODERICK ME SACARÁ A PASEAR, cuando escucha el sonido de la correa, y circunstancia RODERICK ME VA A BAÑAR, cuando olfatea el *shampoo* para perros. Las circunstancias que Murphy utiliza con continuidad son: circunstancia LA COMIDA SIEMPRE HUELE BIEN, circunstancia EL PADRE DE RODERICK HUELE A CERVEZA, circunstancia ESA MOSCA MORIRÁ ANTES QUE YO, circunstancia HOY LOGRARÉ MORDER MI COLA PASE LO QUE PASE y circunstancia MIS AULLIDOS YA NO SON TAN AGUDOS COMO CUANDO ERA UN CACHORRO. Cuando no hay nadie en casa, algo bastante común en la vida de Murphy, Murphy acostumbra pensar en su futuro y en el futuro de Roderick. Sobre su futuro, Murphy reflexiona que no le quedan muchos años de vida; en realidad, no le queda un solo año de vida, y que es muy probable que sus pertenencias (la pelota de tenis y la casa son las que más le preocupan) sean arrojadas a un contenedor de basura porque el padre de Roderick ha dicho muchas veces que ya no quiere otra sabandija ensuciando los tapices. Sobre el futuro de Roderick, sin embargo, Murphy tiene serias dudas, lo ha visto observar a una chica desde lejos y se ha dado cuenta de que ella nunca le ha devuelto la mirada.

Supongamos ahora que Roderick camina solo por la calle. Supongamos que camina en dirección norte y que su casa se encuentra en dirección sur. Supongamos que en dirección norte hay una pequeña tienda de abarrotes regentada por un matrimonio de ancianos. La tienda se llama Big David and Bobbie Sue's Convenience Store. Supongamos que Roderick va hacia allá porque Big David y Bobbie Sue venden algo que le gusta. Supongamos que Roderick se relame los labios durante todo el camino pensando en ese algo que le gusta. Supongamos que Roderick tiene el dinero exacto (tres monedas con la efigie de Franklin Delano Roosevelt y una moneda con la efigie de George Washington) para comprar una porción de ese algo que le gusta. Supongamos que ese algo que le gusta no es algo imposible pero que, al mismo tiempo, es algo imposible. Supongamos que la madre de Roderick horneó una vez ese algo que le gusta, pero que Roderick no se sintió satisfecho. Supongamos que cuando alguien que no es ni Big David ni Bobbie Sue le ofrece ese algo que le gusta, Roderick, tratando de ser lo más cordial y gentil posible, dice «Muchas gracias, pero estoy lleno.» Supongamos que el único lugar en el mundo donde Roderick no siente la obligación ni la necesidad de decir que está lleno es en Big David and Bobbie Sue's Convenience Store. Supongamos ahora que cuando Roderick abre la puerta de la tienda y suena la campanilla que anuncia la entrada de un cliente, Big David, si en ese momento está parado detrás del mostrador, o Bobbie Sue, si en ese minuto se encuentra acomodando las latas de vegetales, le dice «*Hey, champ*, ¿cómo va todo?», si se trata de Big David, o «Roddy, mi niño, qué gusto verte por aquí», si se trata de Bobbie Sue. Supongamos que Roderick saluda y sonríe y que Bobbie Sue añade «Tengo algo muy rico para ti, *sweetie*, lo acabo de hornear.» Supongamos ahora que el rostro de Roderick se ilumina porque sabe que Bobbie Sue regresará con ese algo que le gusta.

Ahora supongamos algo distinto: supongamos que Roderick conoce en la calle a un hombre llamado Goggins, pero que desde muy joven a ese mismo hombre lo han apodado Gog, y que este diminutivo le agrada bastante porque le brinda una especie de aureola bíblica y fabulosa: Gog, rey de Magog. Supongamos que Gog está sentado en una parada de autobuses y que no tiene ni un solo pelo en toda su piel: sin cabellos, sin cejas, sin bigotes, sin barba. Su cabeza es como una bola de billar. Supongamos que Gog le pregunta a Roderick hacia dónde se dirige y Roderick responde «No sé.» Entonces Gog se levanta y le propone ir a una de sus muchas mansiones. También le comenta que le espantan los autobuses porque están atiborrados de gente y la mayor parte del tiempo detesta a la gente. A veces Roderick también detesta a la gente, pero considera que el acto de acompañar a Gog a una de sus casas no es un acto riesgoso. Aunque Bobbie Sue le ha advertido acerca del peligro de confiar en personas que no conoce, Roderick no encuentra nada peligroso en la figura de Gog; tan solo piensa que es un poco estrafalario para la época, pero cree que debido a que Gog le ha confesado ser un acaudalado, la causa principal de su aspecto definitivamente está conectada a algún capricho existencial. A decir verdad, a Roderick le parece graciosa la falta de pelo de Gog. Es 1983 y no hay muchas personas andando por las calles con esa apariencia tan minimalista. Hace ya varios años que Yul Brynner actuó por última vez en *Futureworld* y que Telly Savalas dejó de llenarse la boca de caramelos interpretando al detective Kojak.

Roderick decide acompañar a Gog.

Supongamos entonces que Gog comienza por participarle su deseo de asistir a un milagro, y que le revela que en una ocasión, años antes de que Roderick naciera, reunió a cinco hombres que decían poseer un poder fuera de lo normal: un tibetano, un brujo del África, un faquir de la India, un taoísta chino y un europeo llamado Wolareg, pero que a pesar de sus esfuerzos —repetidos y costosos— nunca consiguió ver nada que pudiera caber en la categoría de los prodigios. Gog reconocía la aparente buena voluntad del grupo de magos para fabricar oro o mover objetos utilizando habilidades telequinésicas, intentos imperfectos con los que prometían, en poco tiempo y en condiciones más apropiadas para los milagros, hacer llover hogazas de pan o charlar con Alejandro el Grande acerca de los sucesos de la batalla de Issos, pero que él había deducido que sus magos en realidad lo estafaban y que el más perverso y oportunista de todos era el europeo Wolareg, para quien incluso Gog había mandado a construir una gruta subterránea que no se merecía.

Supongamos que Roderick presta suma atención a todos los relatos de Gog, una persona que al parecer ha viajado mucho, no solo por los Estados Unidos, sino también por lugares que Roderick solamente conoce de forma académica, lo que ha oído en clases de geografía e historia y en documentales para la televisión: que un río desemboca en otro río, que el choque de dos placas tectónicas forma una montaña, que los continentes no siempre fueron cinco y que no siempre serán cinco, que hace millones y millones de años chocó contra la Tierra una masa helada creando los océanos y la Luna. Roderick escucha atentamente los relatos de Gog mientras caminan hacia una casa que no sabe si existe; es una lección entretenida y no le preocupa si llegarán o no al lugar, lo que le preocupa es saber si en verdad un nuevo asteroide caerá sobre la Tierra. Pero en ese momento Gog se cansa de hablar y se estaciona delante de ellos una limusina conducida por uno de los asistentes del millonario, un antiguo caníbal que se niega a conversar sobre sus vivencias y que ahora solamente come legumbres. «Otro de los que me sirven y me estafan», agrega Gog.

Supongamos entonces que debido al comentario de Gog, Roderick empieza a interesarse por la carne humana, sobre todo le interesa saber a qué sabe la carne humana, no porque quiera comerla sino porque le parece un tema del que no se habla lo suficiente. Roderick no es un antropófago, pero los temas velados, como el del sabor de la carne humana, suelen causarle un poco de curiosidad. Supongamos que para averiguar cuál es el sabor de la carne humana Roderick lee acerca de los crímenes de Genesee River, especialmente se enfoca en las entrevistas que le hicieron al asesino en serie Arthur Shawcross. Shawcross es un veterano de la guerra de Vietnam que dice haberse comido a dos mujeres del Viet Cong durante su servicio, y luego, tras retornar en los años 70 a la ciudad de Watertown, Nueva York, hacer lo mismo con los corazones y genitales de niños y prostitutas. En una de aquellas entrevistas una reportera inglesa le pregunta a Shawcross a qué sabe la carne humana. Shawcross replica diciendo que sabe a carne de cerdo cocinada en un asador: «Usted sabe igual», añade Shawcross. Esta revelación confunde un poco a Roderick, porque a pesar de la confianza que tiene en el testimonio del asesino (Roderick es de las personas que creen que un asesino en serie es siempre un narrador confiable), ha escuchado decir a otros adultos que la carne humana sabe a carne de pollo, o que a veces tiene un sabor dulce. Esa confusión hace que Roderick se acerque a su profesora de ciencias después de una clase acerca del origen de las especies y la aborde con la pregunta sobre el sabor de la carne humana. La profesora Debra Furlong, de 29 años, no está segura si lo que ha oído es exacto o si solo le ha parecido oírlo, sin embargo resuelve evitar cualquier tipo de participación en una charla que le causa repulsión y que, entre otras cosas, podría traerle inconvenientes dentro de su medio laboral. Después de todo hace solo año y medio se graduó como educadora de la

Universidad de Bridgeport y su promedio de calificaciones rondó el equivalente a la nota C; según ella, debido a una serie de novios bipolares e hipocondríacos, fetichistas, algunos adictos a *La leyenda de Zelda*, y por ello aún no se siente capacitada para responder a todas las preguntas que llegan a su entorno, no sabe tampoco si más tarde en su carrera podrá hacerlo. Por el momento le conviene pasar desapercibida ante sus colegas y estudiantes, repetir varias veces lo que está escrito en el código de conducta de la escuela subrayando principalmente las sanciones en caso de plagio y esperar que los padres de sus alumnos jamás se enteren de que en su tercer año universitario, después de la clase de antropología, el profesor Barry Ginsberg la citó tres veces en su apartamento y que ella acudió las tres veces sabiendo que la señora Ginsberg había viajado a Illinois. [...] Debra Furlong le explica a Roderick que una pregunta como la del sabor de la carne humana es incómoda, además de inapropiada, y que debería dedicarse más a hacer sus deberes, pues en dos semanas tendrán un examen muy importante que significa el 30% de la nota final del curso y más vale ser precavido.

Ahora supongamos que Roderick se aleja del salón de clases y de la profesora Debra Furlong. Supongamos que Roderick se encuentra en su habitación y que piensa con los ojos cerrados, fijos en una lámpara que en este momento se encuentra apagada. Roderick se encuentra pensando en los mejores inventos creados por la humanidad. Piensa específicamente en las lámparas eléctricas y en un mundo iluminado por estos artefactos. Roderick piensa que las lámparas eléctricas son un buen invento porque pueden alumbrar carreteras, túneles, sótanos y habitaciones como la suya. Antes de la masificación de las lámparas eléctricas, en muchas partes del mundo las calles eran iluminadas con gas natural o carbón gasificado, y antes de las lámparas de gas eran populares las velas y las antorchas, y antes de las velas y las antorchas los humanos dependían de la luna llena o de las flamas provocadas por un rayo. Roderick definitivamente cree que las lámparas eléctricas son un buen invento, pero no el mejor. El mejor invento, de acuerdo con Roderick, es otro... [Para la madre de Roderick, en cambio, el mejor invento es el lavavajillas, solo basta con abrirlo, insertar los platos y los cubiertos en las bandejas correspondientes, echar detergente líquido y apretar un botón. Después de unos minutos, los platos y los cubiertos y los vasos quedan limpios, además no es necesario frotarlos con un paño porque el aire caliente de la máquina se encarga de secar cualquier residuo de agua. Años antes, la madre de Roderick tuvo un lavavajillas, pero un día este dejó de funcionar, y desde aquel momento la madre de Roderick empezó a sonreír sin verdadero entusiasmo. Cuando lo hacía, su boca se asemejaba a la boca de Charlie Brown cuando un evento inesperado o vergonzoso agitaba la trama de Los Peanuts. Lo que la madre de Roderick mostraba era una especie de línea endeble, con altibajos, una boca que no se acercaba a la media luna característica de las sonrisas francas, se parecía, más bien, a las ilustraciones que los niños hacen cuando dibujan una serpiente reptando...] Para Roderick, sin embargo, el hecho de que su madre pensara que el lavavajillas era el mejor invento no afectaba ni cambiaba su opinión personal acerca del mejor invento. Roderick consideraba que el mejor invento era el cepillo de dientes. Con el cepillo de dientes Roderick podía mantener su boca en higiene perfecta. Aunque siempre acompañaba su labor con hilo dental y enjuague, era el cepillo de dientes el que se encargaba de la mayor parte del trabajo sucio, subiendo y bajando entre la espuma, siendo elástico y flexible. De acuerdo con Roderick, lo más significativo de un cepillo de dientes era su morfología, pues se trataba de un invento con mucha diversidad, hecho con colores de la A a la Z, adornado con grabados de Voltron o Magneto; los había con cerdas suaves o medianas y también con cuerpo anatómico. Roderick hallaba en los cepillos de dientes la culminación del ingenio y creatividad humanos, todos los arquímides y todos los teslas podían resumirse en el diseño de un cepillo. Desde que tenía memoria, cada vez que jubilaba un cepillo de dientes lo guardaba en una caja de zapatos que decía «*TOOTHBRUSHES*», y esa caja era para Roderick un cofre que defendía un tesoro único; la mejor herramienta producida por los antiguos chinos; el gran instrumento perfeccionado por los británicos; el más notorio de los diseños de plástico que el ingenio norteamericano popularizó después de la Segunda Guerra Mundial. La caja de zapatos de Roderick era sin duda una suerte de Museo Smithsonian de los cepillos.

Ahora supongamos que Roderick deja su caja de zapatos en paz. Supongamos que estira los brazos y bosteza como un personaje en un dibujo animado antes de acostarse. Supongamos que Roderick se frota la cara con una mano, que siente comezón en la punta de la nariz. Supongamos que, sin sospecharlo, y mientras se rasca la nariz, Roderick queda suspendido en el tiempo. Alguien ha presionado el botón de pausa y Roderick no puede ni pensar ni moverse como lo hacía hasta hace unos instantes. Alguien está manipulando el *timeline* de Roderick sin pedirle autorización. Alguien que Roderick no puede observar. Alguien que está del otro lado de la pantalla tarareando una canción de Frankie Goes to Hollywood. Alguien que puede ser un hombre o una mujer o ninguno de los anteriores. Alguien que se llama Ava o Blake o Garret o Trevor o Caitlyn. Alguien que se apellida Sexton, Rivera, Penney o Hoffa. Alguien que bebe una cerveza. Alguien que se mira con narcisismo los pies. Alguien que no es Roderick: ese alguien se dirige a la cocina y deja a Roderick con la mano en la nariz, momentáneamente...

Supongamos ahora que Roderick jamás ha sido víctima de un control remoto y que nadie ha hurtado su *timeline*. Supongamos que sí ha tarareado una canción de Frankie Goes to Hollywood, pero que nunca ha escuchado a alguien tararearla mientras él se encuentra suspendido en el tiempo. Supongamos que en el pasado, cuando ha perdido la paciencia jugando videojuegos como *Missile Command* o *Yar's Revenge*, Roderick se ha dicho a sí mismo «Frankie dice que te relajes.» Supongamos entonces que aunque Frankie le susurra al oído, Roderick no puede controlar sus arrebatos y siente que su cabeza se calienta, que pronto hará erupción y el magma bañará Mobile como bañó Pompeya y Herculano. Supongamos que Roderick no puede evitarlo — que lo intenta pero no puede— y que cuando Yar es destruido por el sañudo Qotile, Roderick desea pisotear la consola de videojuegos y estrellar el televisor contra la pared. A Roderick, no obstante, le resulta imposible poner en práctica su desahogo, debe constreñirse y tratar de escuchar a Frankie cuando le dice «Relájate», porque la consola de videojuegos no es suya, sino de su amigo Cory, y aunque el malvado Qotile fulmine a Yar mil veces, Roderick debe ser un buen amigo, tiene las manos atadas porque debe portarse como se portan los buenos amigos. Lo que Roderick en verdad debe aprender es a respirar hondo y a contar del 1 al 10 cuando visita a Cory.

Ahora supongamos que Roderick cierra los ojos y que al abrirlos aparece en otro lugar. Supongamos que se materializa en 1999, en una oficina, y que en esa oficina una mujer de ojos maquiavélicos y un titiritero de aspecto voluble cobran una buena suma de dinero por ingresar a la cabeza de un personaje famoso. Supongamos que Roderick cuenta con el dinero necesario (dos billetes de cien dólares, cada uno de ellos con la imagen de Benjamin Franklin en el anverso) para pagar por el boleto que le permitirá ingresar a la cabeza de aquel personaje famoso. Supongamos que después de hacer una larga cola y de mirar los rostros de las personas que aguardan con impaciencia a su lado, Roderick llega al portal que da a la cabeza del personaje. Supongamos que luego de asegurarse de que el dinero está completo y de introducirlo en un ánfora, la mujer maquiavélica le hace una señal de aprobación al titiritero, señal que en seguida provoca que el titiritero abra una portezuela. Roderick entonces se agacha, y al agacharse observa, y al observar lo hace con cierta vacilación. Lo que Roderick ve es un agujero sombrío que supuestamente lo conectará con la cabeza del personaje famoso. Supongamos ahora que Roderick lo medita y dice en voz alta: «¿Están seguros de que este portal me llevará hasta la cabeza?», pero mientras vocaliza esas palabras ya ha gateado lo suficiente como para que la pequeña puerta de madera se cierre detrás de él.

Roderick resbala precipitadamente por un conducto muy oscuro y húmedo hasta toparse con el punto de vista del personaje famoso. Al parecer el cuerpo de John Malkovich se encuentra armando un avión a escala, un Messerschmitt Me262 de la Luftwaffe. Supongamos que Roderick oye la voz de John Malkovich, o, mejor dicho, sus silbidos, y que se deleita tanto como él cuando afirma la escotilla de plástico al fuselaje verde del avión. Supongamos que John Malkovich hace presión con sus dedos para que la escotilla se adhiera al caza miniatura, y que mientras aguarda a que el pegamento se seque y que la escotilla se adhiera, empieza a sentir ganas de ir al servicio. Supongamos que a pesar de la tensión en su vejiga y la incomodidad de su posición, John Malkovich no puede dejar de presionar la escotilla al fuselaje del caza miniatura, ya que si no la presiona lo suficiente y por el tiempo mínimo requerido, la escotilla podría aflojarse y en el futuro caer en algún rincón impenetrable de la casa. Supongamos que el pegamento que John Malkovich está utilizando es un adhesivo barato que tarda cinco minutos en pasar del estado acuoso al estado sólido y que John Malkovich cuenta cinco veces del 1 al 60, tratando de ser tolerante, hasta que los cinco minutos han pasado, y que cuando acaba de contar se levanta con brusquedad de su asiento. Supongamos ahora que John Malkovich llega a la taza de baño y abre la cremallera de sus pantalones, y que mientras abre la cremallera y descubre su órgano genital, John Malkovich se relaja, y que mientras se relaja y orina, John Malkovich tararea también la canción de *El tercer hombre*.

Ahora supongamos más allá de la canción de *El tercer hombre*: han pasado los quince minutos que dura la farsa de la mujer maquiavélica y el titiritero y Roderick es despedido de la cabeza de John Malkovich y arrojado en algún lugar de la periferia del estado de New Jersey, en una acequia contigua a una autopista de peaje. Está cubierto de los pies a la cabeza en barro y en una especie de baba amarillenta y gelatinosa. La experiencia en los interiores del personaje famoso, aunque para otros sea una vivencia digna de repeticiones y sumamente sensual, ha inducido sin remedio al aparato digestivo de Roderick al vómito.

Ahora bien, cambiemos de tema y pensemos por un momento en la hipótesis de los «Seis grados de separación». Si tomamos como punto de partida dicha hipótesis, por la cual cualquier persona en el mundo se conecta con otra siguiendo una cadena invisible de relaciones, deberían existir cinco intermediarios y un total de seis enlaces entre un crayón amarillo y Roderick. Es lo que se desprende de la hipótesis. Para probarlo, Roderick se levanta de la cama y estudia la distancia que lo separa del crayón amarillo, aproximadamente 6.5 pies (unos dos metros), y luego cuenta cuántos objetos intervienen en la cadena imaginaria que existe entre él y el crayón: un zapato, una mochila y su perro Murphy. Lo que da como resultado tres intermediarios (cuando en realidad deberían ser cinco) y cuatro enlaces. Es decir: Él ⇨ Enlace 1 ⇨ Zapato ⇨ Enlace 2 ⇨ Mochila ⇨ Enlace 3 ⇨ Murphy ⇨ Enlace 4 ⇨ Crayón amarillo. A continuación, Roderick vuelve a contar los enlaces y los intermediarios, esta vez con los dedos y no con la vista, y tras dos minutos de cálculos y cómputos mentales llega a un resultado semejante al anterior, un resultado que comprensiblemente le extraña.

Supongamos ahora que Roderick invierte el lugar de los objetos, y entonces la mochila pasa a cubrir el lugar de Murphy, y Murphy el lugar del zapato, y el zapato el lugar de la mochila. En seguida, Roderick anota cuidadosamente el orden de todos los elementos, registrando la manera novedosa en que ahora se distribuyen sobre el suelo de la habitación: Él $\Rightarrow$ Enlace 1 $\Rightarrow$ Murphy $\Rightarrow$ Enlace 2 $\Rightarrow$ Zapato $\Rightarrow$ Enlace 3 $\Rightarrow$ Mochila $\Rightarrow$ Enlace 4 $\Rightarrow$ Crayón amarillo. Su cómputo final, sin embargo, vuelve a arrojar tres intermediarios y cuatro enlaces, números que de ninguna manera lo dejan conforme. Fastidiado —pues no comprende qué es lo que puede estar sucediendo— se rasca la cabeza y trata de recordar qué establecía el Teorema de Pitágoras para determinar si el Teorema sería útil en esta situación: «En un triángulo rectángulo», recuerda, «el cuadrado de la hipotenusa es igual a la suma de los cuadrados de los dos catetos.»

En seguida Roderick fija la vista sobre los objetos que descansan en el piso para tratar de definir los lados del triángulo rectángulo: uno de los catetos podría ser el enlace entre él y Murphy, un segundo cateto el enlace entre Murphy y el zapato, y la hipotenusa del triángulo el enlace entre el zapato y la mochila. Todo parece indicar que al fin tiene los elementos obligatorios para resolver el triángulo, pero supongamos de pronto que no es así (porque las cosas a veces suceden de cierta manera), y que a pesar de contar con dos supuestos catetos y una hipotenusa, Roderick no ha tenido en cuenta que la hipótesis de los «Seis grados de separación» no depende en realidad del Teorema de Pitágoras, ya que el triángulo rectángulo que ha dibujado no se encuentra precisamente ahí, y porque la distancia que lo separa del crayón amarillo es en verdad una recta imaginaria y no una figura geométrica de tres lados. Es decir, los intermediarios y los enlaces siguen siendo los mismos que acomodó desde un principio: Él ⇨Enlace 1 ⇨ Murphy ⇨ Enlace 2 ⇨ Zapato ⇨ Enlace 3 ⇨Mochila ⇨ Enlace 4 ⇨ Crayón amarillo.

Ahora bien, volvamos a cambiar de tema y supongamos que Roderick toma un viejo libro de su estante y lo acaricia con cierta añoranza, como quien toca algo que atesora y no desea perder en una hoguera. Supongamos que el libro que ha elegido se titula *Yo, robot*, y que Roderick lo abre en un cuento que ya conoce. Roderick suspira nostálgicamente, como si por un minuto volviese a una posición de la que hubiera preferido no trasladarse nunca. Supongamos que para Roderick este cuento es primordial, tan trascendente como la novela de la historia interminable y la princesa que es devorada por la Nada. Supongamos que Roderick conoce a los personajes del relato como si fueran personas de carne y hueso: el fiscal del distrito, Stephen Byerley, un supuesto robot haciéndose pasar por humano; Quinn, el hombre que quiere descubrirlo antes del fin de las nuevas elecciones, y la psicóloga Susan Calvin, experta en comportamiento robótico. Supongamos que, debido a sus lecturas, Roderick está familiarizado con las Tres Leyes Fundamentales de la Robótica. La primera de ellas (*Rule 1*) establece que un robot no debe dañar a un ser humano o, por su inacción, dejar que un ser humano sufra daño. La segunda, también conocida como *Rule 2*, puntualiza que un robot debe obedecer las órdenes que le son dadas por un ser humano, excepto si estas órdenes entran en conflicto con la primera ley. La tercera de ellas (*Rule 3*), añadidura lógica a las anteriores, señala que un robot debe proteger su propia existencia, siempre y cuando esta protección no entre en conflicto con la primera o la segunda de las leyes. Roderick, asimismo, es consciente de que un robot, al carecer de un aparato digestivo natural, no puede nutrirse como lo hace un ser humano no sintético.

Supongamos entonces que además de las Tres Leyes de la Robótica, Roderick también conoce una novela en la que las mujeres de una comunidad perfecta son cambiadas por *gin*oides (el complemento genérico de los *andr*oides), y que para cerciorarse de que su madre no es una de ellas le ofrece una manzana verde. Sin apartar el cigarrillo de su boca, la madre de Roderick mira la fruta con poco entusiasmo y luego balbucea algo que suena como «No engo ambr.» Tras esta contestación, Roderick asiente con la cabeza. Es el año 1979 y series de televisión como *Battlestar Galactica* han hecho al común de la gente más susceptible a los planteamientos de la ciencia ficción. Roderick no desea develar sus temores y vuelve a su cuarto dando pasos prudentes, piensa mientras camina, y cuando entra otra vez en su habitación recuerda algo que había olvidado: en la historia que Roderick conoce, una de las suposiciones es que Stephen Byerley puede ingerir alimentos gracias a un estómago-receptáculo secreto. De ello deduce que aunque más tarde su madre comiese la manzana o probara algún otro bocado, como lo había hecho desde que Roderick tenía memoria, eso no demostraría que no se tratara de una ginoide. Su madre podría ser una réplica, su padre también. Su padre, además, a veces se comportaba como si no fuese su padre. Roderick recuerda que en otro libro, una novela de Philip K. Dick, un cazarrecompensas debe encargarse de sacar de circulación a un grupo de réplicas humanas que llega secretamente a la Tierra.

Supongamos ahora que Roderick piensa en cómo sacar de circulación a sus padres. Supongamos que comienza por imaginar posibles métodos de envenenamiento. Supongamos que piensa en una jeringa que su madre guarda en el botiquín y que podría serle útil en caso de que decidiera inyectarles alguna sustancia tóxica, o quizá para inyectarles aire. Supongamos que luego de meditarlo por un rato Roderick descarta esa idea, pues llega a la conclusión de que si se trata de utilizar un tóxico, la mejor forma de insertarlo sería con la ayuda de un agente. Supongamos que Roderick piensa en el agente perfecto y decide que el agente perfecto es una víbora venenosa. Una víbora de Gabón o una serpiente de cascabel en la cama de sus padres. Las ha visto en películas de espías y de vaqueros, y en películas en las que un hombre muy celoso o una mujer muy celosa quieren darle una lección a alguien que en otro momento de la película amaban. Dos víboras que acechen a sus padres entre las almohadas y los cobertores, que de un segundo a otro lancen una dentellada que inocule rápidamente a su víctima, en una pierna o en el abdomen, y que el padre de Roderick sufra una mordida en el rostro sin prevenirlo, y que la madre de Roderick no entienda de qué se trata el caos y la confusión en su cama hasta que haya caído al suelo y la herida y el tejido que rodea a la herida empiecen a oscurecerse y deformarse; y que la madre de Roderick quiera escapar porque su instinto de conservación y la adrenalina que han secretado sus glándulas suprarrenales le dicen que persista, y que por esa razón la madre de Roderick se arrastre y tire de su cuerpo como una inválida, cada vez con menos control de sus extremidades, hasta que, poco a poco, ya no pueda utilizar con facilidad sus pulmones, hasta que, poco a poco, la víbora de Gabón o la serpiente de cascabel se acerque siseando para terminar lo que empezó debajo de las sábanas de poliéster.

Ahora supongamos que aquella opción no funcionaría. Supongamos que Roderick no sabe cómo ni dónde conseguir una víbora de Gabón o una serpiente de cascabel y que, muy probablemente, ambas sean muy costosas como para incluirlas en una lista de posibles agentes. Supongamos que Roderick piensa en otra forma de sacar de circulación a sus padres. Supongamos que piensa en un cuchillo. Piensa en un cuchillo pero luego desecha la idea porque está al tanto de que la sangre puede manchar los muebles y las alfombras. Roderick se conoce muy bien y sabe que si saca de circulación a sus padres, no tendría ganas después de hacer una limpieza profunda de la habitación. También reconoce que sus manías higiénicas lo obligarían a hacerlo, hasta que la habitación quedase estéril, y que ese conflicto entre *no tener ganas de y tener la obligación de* le causaría mucho agobio, demasiado agobio, algo por lo cual Roderick no quisiera pasar después de haber sacado de circulación a sus padres, un acontecimiento que, a pesar de todo el odio reprimido y el consiguiente desahogo que implica, es a todas luces un evento funesto, que sin duda no puede anexarse a algo tan cotidiano como la limpieza. A Roderick, después de todo, le importan los resultados de sus acciones. Él no es un psicópata. Roderick conoce la definición de psicópata y sabe que nunca encajaría en ella. Lo único que Roderick desea es sacar de circulación a sus padres porque sus padres lo sacaron de circulación a él (es una relación causa-efecto), y para Roderick aquel deseo no puede definirse como una condición psiquiátrica sino como un acto de justicia poética. Por ese motivo necesita encontrar una forma de sacarlos de circulación, un método que no tenga la apariencia de una serpiente, porque las serpientes son muy costosas y no sabe dónde conseguirlas, y que tampoco tenga la apariencia de un cuchillo, porque la sangre puede esparcirse por toda la casa.

Roderick necesita otro método.

Supongamos que el nuevo método es plausible e involucra a un tercero (si se dan las condiciones y se realizan las conversaciones adecuadas). Este tercero responde al nombre de Arthur. Arthur es un compañero de Roderick que también asiste a la escuela John Quincy Adams, en la ciudad de Mobile, cerca del Golfo de México. Arthur tuvo primero una fascinación sexual por la actriz Heather Thomas, de 1981 a 1985, y después otra por la actriz Heather Locklear, de 1987 a 1992 (en el año de 1986, Arthur no tuvo fascinaciones). Entre las características más notorias de Arthur se encuentran sus uñas mordisqueadas y su cara grasienta, también suele vestir una camiseta conmemorativa de Judas Priest de la gira mundial del álbum *Hell Bent for Leather*. Judas Priest es su grupo de rock favorito. Roderick cree que si le ofrece un objeto valioso a Arthur (por ejemplo, un disco de platino autografiado por el vocalista Rob Halford y el guitarrista K. K. Downing), Arthur aceptará sacar de circulación a sus padres. Sin embargo, los discos de platino autografiados por Halford y Downing cuestan miles de dólares y Roderick cree que quizás deba optar por otra carnada, tal vez deba elegir algo más asequible para su bolsillo: un disco *bootleg* importado del Japón, por ejemplo, de una grabación en vivo hecha en algún lugar de Europa del Este en la que Judas Priest toca un cover de *Jumpin' Jack Flash*, de los Rolling Stones, y otro de *Better by You, Better than Me*, de Spooky Tooth, una canción que para los oídos de algunos padres encierra una instrucción subliminal que incita al suicidio y que, según estos mismos padres, fue el detonante de la muerte de dos adolescentes en la ciudad de Reno, Nevada, el 23 de diciembre de 1985.

Supongamos ahora que Roderick busca su alcancía para contar cuánto dinero tiene y así comprar el disco *bootleg* de Judas Priest. Supongamos que su alcancía es una escultura de plástico de los Cuatro Fantásticos luchando contra el villano Galactus, en la que también aparecen Silver Surfer y el poderoso Nulificador Supremo. Roderick está al tanto de que el Nulificador Supremo es el único artefacto en el universo capaz de destruir al propio Galactus y, en consecuencia, el único instrumento capaz de eliminar para siempre la línea de tiempo de cualquier materia, nulificando y creando metauniversos, todo esto siempre y cuando el portador del Nulificador Supremo cuente con suficiente fuerza mental para controlarlo. En un mundo paralelo, es decir, en un metauniverso como en el que se desarrollan las historias de los Cuatro Fantásticos, Roderick podría utilizar el Nulificador Supremo para sacar a sus padres de circulación, y así no tendría que convencer a Arthur de que los saque de circulación por él. El mundo paralelo donde Roderick habita, no obstante, no cuenta con esa posibilidad, pues el Nulificador Supremo solo existe en las páginas de algunas historietas dibujadas por el ilustrador Jack Kirby; por ello Roderick tan solo puede imaginar la eliminación de sus padres empleando un artefacto tan destructivo como el Nulificador.

Supongamos ahora que todas estas divagaciones acerca del uso que Roderick le podría dar al Nulificador Supremo no conducen a nada. Supongamos que Roderick no tiene dinero en su alcancía y que eso ocasiona que todo lo referente a Arthur y al plan para sacar de circulación a sus padres se convierta en una imposibilidad. Supongamos que esta revelación le demuestra a Roderick una vez más que ciertas cosas que suele admitir como innegables no son otra cosa que invenciones. Supongamos que, así como la hipótesis de los «Seis grados de separación» no se cumple en relación con la distancia que existe entre él y un crayón amarillo, es posible que el arrancacorazones de Jean-Sol Partre no sea un arma segura y que tampoco haya existido nunca una puerta hacia la cabeza de John Malkovich. Supongamos que cabe la posibilidad de que todo en la vida de Roderick conduzca siempre a un callejón sin salida.

Supongamos entonces que estas constantes frustraciones son como naufragios y que Roderick ya está harto de zozobrar. Supongamos, al mismo tiempo, que cuando Roderick naufraga desearía no ser tentado, no sucumbir como han sucumbido tantos otros antes que él —Fausto, Urbain Grandier, Anakin Skywalker—, pero que así como no le gustaría caer en la tentación Roderick también piensa que hay siempre una fuerza negra que todos los días lo aparta de lo que algunos llaman el camino correcto, que lo devora y lo mastica como si fuese el tronco viejo de un árbol; y Roderick no sabe cómo actuar, no sabe si llorar o si encender las luces de su habitación cuando esa fuerza lo sujeta del cuello y empieza a asfixiar al Roderick que va a la tienda de Big David y Bobbie Sue por ese algo imposible que tanto le gusta.

Ahora volvamos a la realidad, o a lo que pensamos es la realidad:

Supongamos que el mundo es un cubo y no una circunferencia y que nos encontramos en el año 1982:

El mundo es un poliedro como el cubo estándar de Rubik y al igual que el cubo estándar de Rubik está dividido en seis caras, cada una de ellas compuesta por nueve cuadrículas y cada cara diferenciada por un color, que puede variar entre el rojo, el amarillo, el azul, el verde, el blanco y el naranja, y que el número de combinaciones posibles en el mundo es de cuarenta y tres trillones doscientos cincuenta y dos mil tres billones doscientos setenta y cuatro mil cuatrocientos ochenta y nueve millones ochocientos cincuenta y seis mil permutaciones (43.252.003.274.489.856.000).

Supongamos ahora que Roderick tiene un mundo revuelto en sus manos, con cuadrículas de distintos colores en cada uno de los seis lados del cubo, y que decide reordenar el mundo a la manera de los dioses y los salvadores venidos de otros sistemas solares. Supongamos que empieza por el lado azul, recurriendo a una técnica tradicional que leyó en un libro de David Singmaster titulado *Notas sobre el cubo mágico de Rubik*, la técnica Capa por Capa, a partir de la cual el reordenamiento del mundo se soluciona resolviendo primero la parte superior del poliedro, seguida de la parte media y por último la parte inferior. Roderick cree que la técnica Capa por Capa se adhiere a su forma de ver las cosas y la prefiere a otros procedimientos, ya que halla en ella cierto sentido lógico humano: cabeza, torso y extremidades inferiores, así lo piensa, como una organización anatómica que parte del cerebro hacia los pies.

Supongamos que Roderick se plantea resolver el cubo en menos de un minuto, pero que al cabo de los primeros sesenta segundos de reordenamiento el mundo es aún un lugar complicado, y que cada vez que hace un giro las dos o tres cuadrículas azules que ha acumulado con mucha voluntad son reemplazadas por una blanca o dos amarillas, y que Roderick se ve obligado a volver al principio de las cosas.

Supongamos entonces que Roderick se cansa de sus fallos en el lado azul del cubo y resuelve optar por el lado rojo, sustentándose en la idea de que todo cambio de hábito produce espontáneamente un renacimiento existencial. Entonces Roderick limita su mirada al lado rojo —todo lo ve de color rojo— y piensa que las soluciones de Singmaster no son las soluciones rápidas que él necesita para resolver el cubo lo más rápido posible. Las que Roderick requiere son las soluciones de otro especialista, en términos exactos las soluciones de una mujer llamada Jessica Fridrich, la creadora del método más empleado de *speedcubing*. El método de Fridrich es también una estrategia Capa por Capa, pero a diferencia del procedimiento de David Singmaster, Fridrich plantea el manejo de un mayor número de algoritmos; esta diferencia algorítmica busca la formación de una cruz hecha con cinco cuadrículas del mismo color, a la que luego se le suman las cuatro esquinas necesarias para completar una capa.

Supongamos entonces que Roderick promueve la técnica de Fridrich en su mundo revuelto. Roderick empieza por formar una cruz en el lado rojo del cubo, hace veloces giros que pronto resultan en una cruz roja —o al menos eso parece a primera vista—, pero tras hacer una inspección más exhaustiva Roderick se percata de que la cruz roja es en realidad una equis roja, que de ninguna manera una equis puede ser una cruz o una cruz una equis. Roderick entonces intenta hacer nuevos giros veloces y el resultado lo amarga y lo desconsuela: la cruz no aparece, pero la equis continúa ahí, y aunque Roderick incline el ángulo de su visión o manipule el cubo en todas las direcciones posibles, la equis no cesa. Han transcurrido dos horas y la equis no cesa. Roderick no ha alcanzado la solución rápida enunciada por Fridrich ni ha podido resolver el cubo con el método de Singmaster; ha hecho más de cien giros y lamentablemente ninguno de los lados del mundo tiene un color uniforme.

Ahora supongamos que Roderick mira el cubo con odio y siente un fuerte dolor de cabeza; algo lo perturba y le duele allá dentro, donde imagina existen un sinnúmero de palancas y osciladores y mecanismos electrónicos que hacen funcionar su organismo, así como sucede al interior de un motor hidráulico o de un reloj atómico. Supongamos que lo que ocurre en seguida lo podemos observar varias veces en nuestras cabezas y también en aparatos de televisión, y en monitores de vigilancia que permanecen encendidos los 365 días del año en edificios residenciales de lujo donde en realidad se esconden laboratorios de biología molecular, que todo se manifiesta a través de una serie de repetidoras etéreas, en cámara lenta, como si se tratase de la retransmisión de un momento culminante de la historia humana, que existe un ser omnisciente en alguna parte de la galaxia que conoce todas las cosas reales y todas las cosas posibles, alguien que maneja una complicada mesa de mezclas de vídeo sin fastidiarse ni servirse una taza de café para tomar un descanso. Supongamos entonces que en todos los aparatos de televisión y en todas las pantallas observamos a Roderick dejar caer el mundo al suelo, una y otra vez, como si la acción no tuviese una fecha de caducidad, y que en todas esas interfaces visuales el mundo rueda con aquella conocida y grotesca torpeza con la que suelen rodar los cubos.

Ars amatoria / electronica

Tal vez tú
Tal vez incluso tú

THE MOTELS

Uno

Algunos psiquiatras la llaman separatidad, aquella ansiedad que me hacía mirar por la ventana en busca de alguien. Quizá una de esas chicas allá abajo pueda quererme, me decía mientras iban y venían los autos de un lado a otro de la ciudad. A veces pensaba de esa forma, y solía observar el tránsito de distintas mujeres tratando de encontrar un rasgo conocido en ellas mientras cruzaban la calle, o cuando se detenían de pronto antes de dejar atrás un paso de cebra. Nunca las observé a la misma hora, ese era el problema que tenía por momentos, la dificultad que surgía al tratar de identificar una entre tantas para saber si ella al fin había llegado a mi lado o si se encontraba un poco más cerca. En algunas ocasiones me consolaba diciendo que tal vez no me hallaba tan perturbado. Quizá el hecho de no haberles inventado nombres o apodos significaba que aún guardaba un poco de cordura, porque siempre me parecía detenerme en una diferente: el cabello rubio o el pelo corto hasta las orejas, un abrigo pardo o una bufanda con estampado escocés, botas hasta las pantorrillas, todas ellas usaban botas, porque esta es la ciudad del viento y las veredas congeladas, y en esa época no me quedaba claro si alguna me quería de verdad.

Mi balcón daba a un puente de unos 150 metros de largo, el camino que todas ellas cruzaban de lunes a viernes, a pie o en bicicleta, desde las siete de la mañana hasta que se ponía el sol. Por las noches había menos peatones y no me detenía tanto en esa parte de la casa. Me alejaba del observatorio, como estúpidamente llamé al lugar desde donde soñaba con esa chica que nunca llegaba para hacerme cosquillas cuando me encontraba distraído. Antes me desesperaba mucho a esas horas, me desilusionaba de absolutamente todo porque no sabía a quién mirar. Desde que Monika dejó mi vida y tuvo un hijo con aquel hombre que no conozco las noches se convirtieron en los peores momentos.

Por las noches ninguna de ellas caminaba por el puente, solo lo hacían los alcohólicos, los vagabundos, las envolturas de algo.

Solía encender el televisor y repasar programas que no me interesaban ni siquiera cuando mi vida era relativamente convencional, noticieros formulaicos a las diez de la noche, retransmisiones de concursos de talento para gente que adoraba revivir canciones de Culture Club, documentales sobre colobos y chimpancés en el África. De vez en cuando intentaba apegarme a una serie policial o de misterio, una de esas que llenan la pantalla de forenses presumidos y decenas de agentes del FBI que hallarán al psicópata en cuarenta y cinco minutos más tandas comerciales. No sé cuántas veces traté de matar el tiempo de ese modo, pero el resultado era siempre el mismo: la enfermedad seguía ahí. Porque el lugar común es repetir hasta el hartazgo que amar es como estar enfermo. Y es cierto, siempre había una chica en la televisión que, ya sea por su forma de ponerse los zapatos, de inclinar la cabeza ligeramente hacia la izquierda cuando hablaba por teléfono o por repetir una frase con un tono cruel o irritante, me recordaba las manos de Monika, sus contorsiones más vivas, incluso su olor, y sobre todo la idea de la ausencia de una exesposa que no sabía cómo dejar de animar a través de una proyección fantasma que me acompañaba al baño o a recoger un paquete a la recepción del edificio. Mi enfermedad era eso que los matemáticos llaman el conjunto vacío, lo que nos duele allá adentro, entre los pulmones y el estómago, cuando ya no deseamos más dolor.

Su fue la primera chica de la web que recuerdo de verdad. Antes de ella hubo otras, desde luego, no sé exactamente cuántas ni guardo sus nombres, pero fueron decenas de veces mientras encontraba la página perfecta para mí, o la fantasía ideal, para quienes utilizan esa expresión de forma tan simple. Yo en realidad nunca he creído en las fantasías sino en los escenarios concretos, y nada de lo que he emitido en los últimos años ha sido para mí una imaginación o el característico tropiezo en la vida de un hombre extraviado después del divorcio, sufriendo una crisis de los cuarenta como en esas películas de Hollywood que no dicen nada nuevo. Esto para mí simplemente es la realidad. Sentirse solo y hablar con alguien a quien le pagas por su tiempo no es un pecado. El pecado, en cambio, es que un sacerdote mienta diciendo que debes llenar la vida de rezos o himnos para ser bendecido cuando sabe que no es verdad, cuando ese gran señor omnipotente del que tanto se habla no es más que una invención de quienes dividen el mundo entre un montón de fieles y otro montón de paganos. Dios siempre ha estado en el Cielo, de eso no me cabe la menor duda, pero nunca ha tenido ni la audacia ni el tiempo de venir a la Tierra, ni siquiera para ayudar a una sirvienta a poner la lavadora o para sostener una escalera mientras alguien baja con cuidado. No siento vergüenza de lo que hago ni tengo miedo de las supuestas represalias que nos transmite esa ciega moral de convento. Me siento solo, así de simple, y hablo con ellas y tengo sexo con ellas, y les miro los cuerpos y les sonrío hasta que nuestro tiempo juntos se acaba.

Antes de Su recuerdo una chica de treinta y tantos con cara de niña de dieciocho, tenía ojos verdes y un cuerpo blanquísimo, aún estaba en forma. No hacía ejercicios, eso sí lo recuerdo (me lo dijo o se lo escuché decir); su complexión física era la que la genética le había dado, hija de unos padres que acertaron en la lotería de combinaciones. La vi de forma privada en unas cuatro o cincos oportunidades, nunca inmediatamente consecutivas, sino durante un período de unos ocho o nueve meses. A veces entraba por las mañanas a la página y la encontraba ahí. A veces por las tardes, cuando llegaba temprano de una cita con uno de mis clientes. En esa página web puedes ver a todas sin ingresar a tu cuenta, en «*free mode*». Básicamente, sentarte a mirar a la que más te gusta, desde la comodidad de tu silla, hasta tener una excitación tal que no puedes resistir las ganas de conectarte y llevarla a una sesión privada. De ella, la chica de treinta y tantos con cara de niña, recuerdo también un cuarto vacío. No había una cama, tampoco un sofá, ni siquiera una toalla sobre la cual recostarse; creo que le interesaba borrar toda seña de identidad. La suya era tan solo una habitación alfombrada, limpia, relativamente moderna, eso se nota en los interruptores en las paredes y en las lámparas. El armario era corredizo y blanco. Ella siempre se tocaba de pie. No me pregunten por qué recuerdo todos esos detalles y no cómo se llamaba, bueno, no precisamente su nombre de pila sino el seudónimo que usaba durante sus horas de *cam model*, que es diferente: «el nombre profesional». Quizá recuerdo solamente la habitación porque ella y yo nunca tuvimos más que unos cuantos polvos y la habitación era lo único que me conectaba a esa chica. El espacio del polvo. Nunca le gusté, en realidad. Nunca fui de sus favoritos ni memorizó mi nombre. Uno llega a ser el favorito de algunas, ya sea porque las visitas con mucha frecuencia, o bien porque se acostumbran a tu dinero, o porque, de vez en cuando, ellas también están solas y se enamoran platónicamente de ti o de tu pene. Se enamoran del sexo o de tu personalidad, de un eros autocomplaciente o de tu risa, porque a través de la pantalla el placer se lo dan ellas mismas, conocen su propio ritmo y se tocan donde les gusta, y porque a través de la pantalla tu pene a veces parece más grande y grueso de lo que en verdad es y tus ocurrencias son más graciosas que en la vida común y corriente. Supongo que algunas sí se enamoran de verdad. Alguna vez sentí ese tipo de atracción por Su, y últimamente lo he sentido también por Dildo. Dildo es extremadamente graciosa e inteligente. Me encanta el tatuaje con motivos de H. R. Giger que lleva en la espalda. Algunos nos enamoramos de verdad, supongo. No es tan patético. De todos modos hay una persona del otro lado de la pantalla. Estar en dos partes del mundo al mismo tiempo gracias a la ayuda de la electrónica no es una restricción para quererse o besarse, de algún modo es como haber alcanzado la dimensión desconocida contemporánea: «una dimensión de sonido y visión y de la mente» en la que poco a poco se reemplaza la narración de Rod Serling por los relatos de millones de cámaras y pantallas LCD conectadas a una red invisible de servidores.

El novio de la chica de treinta y tantos con cara de niña estaba en prisión, si no me equivoco por un par de años y en algún lugar de Arizona. Ella era del Medio Oeste, se le notaba en el acento. Llevo muchos años en Estados Unidos y sé diferenciar la forma de hablar de algunas personas. Quisiera recordar su nombre para relatarlo mejor, pero lo que más recuerdo es ese cuarto vacío y sus ojos verdes. Fueron más las veces en las que la miré y la escuché en *free mode*, hablando con visitantes que sí estaban conectados a su cuenta. Había algo en ella, no lo voy a negar. Es obvio que, fuera de su físico, tenía que atraerme de otro modo. A veces ciertas mujeres, sobre todo las feministas más insoportables, esas que son tan violentas como los malos hombres que satanizan y que se representan a sí mismas como si fuesen más inteligentes e instruidas que quienes no hablan sobre feminismo, piensan que los hombres solo nos fijamos en un culo o un par de tetas porque sí, porque lo dice el rol de la especie, el salvajismo o el sexismo televisivo, pero no saben en realidad lo que piensa un hombre heterosexual por dentro. Fabrican una falsa hipótesis cuando no tienen la menor idea de cómo nos conectamos con el mundo. El culo, las tetas, la boca, los ojos, los pies, las piernas, todo eso está asociado a una voz, a una danza, a las «feromonas» de una y no de otra. No nos atraen todas las tetas ni todos los culos. Nos atraen *ciertas* tetas y *ciertos* culos, y eso también es parte de la libertad de deseo. Y a mí, indudablemente, me atraía la chica de treinta y tantos con cara de niña. No suelo sentir eso porque sí. Monika no tiene cara de niña, ni las chicas que conocí antes de ella, mis exnovias. Simplemente había algo en su voz y en sus ojos que me conectaba con un lugar que parecía el regazo de Julie Andrews en un musical de los años sesenta, algo que me daba una suerte de tranquilidad pasajera. Repito que la visité muy poco, que me enteré de su vida espiando cómo se la contaba en *free mode* a otros hombres, visitantes que la llevaban a privado constantemente, hombres con los que ella ya tenía cierta confianza y amistad en línea, la confianza que se adquiere con los saludos, los piropos y los comentarios acertados y las tarjetas de crédito que pagan por sesiones de sexo o por descargas de vídeos privados en Google Drive.

Un día de repente se esfumó. En algún momento me pareció escuchar que su novio estaba por salir de la cárcel. Ella tenía otro trabajo, pero el dinero no le alcanzaba, no había ido a la universidad, decía, y estaba empleada en un puesto deprimente en un supermercado. Es el caso de algunas *cam girls*, pero no de todas. La mitad de ellas son mujeres de clase media que prefieren trabajar en casa antes que hacer la contabilidad de un restaurante o atender un teléfono. Hay otras que lo hacen no por dinero sino porque, con todo el derecho del mundo y en contra de lo que algunas fundamentalistas opinan, les fascina transformarse en un objeto sexual y correrse en público, sobre todo si sus maridos viajan constantemente. La chica de treinta y tantos con cara de niña era en cambio cajera, a veces vendía cigarrillos y *tickets* de lotería si le tocaba suplir a alguien en el *stand* donde también se despachaban los envíos de dinero al extranjero. Y era cierto, el dinero no le alcanzaba porque su pareja estaba en prisión, y eran padres de una niña, y a cambio de unos cuantos dólares, menos lo que le descontaban la página web y el sistema tributario, se la chupaba virtualmente a hombres solos como yo, a casados, a jóvenes y cincuentones, y supongo que también a gente inválida, a lesbianas, a parejas de novios o esposos, gordos mórbidos, desfigurados o lo que puedan nombrar. La web es para todo el mundo. El sexo en la web también, aunque seas un otro o un despojado. Con el paso del tiempo eso me ha llevado a concluir que, en lo que respecta a la práctica diaria, lo políticamente correcto es sumamente relativo.

Ahora bien, chupársela a alguien virtualmente para ganar dinero no es ni fácil ni difícil, pero sí es cómodo desde un punto de vista capitalista, una transacción corporal que no implica oler sudores, subir al auto de un desconocido, ir a una casa extraña para tener sexo anal en un calabozo o ser amarrado o violado (aunque hay algunas personas en línea que sí desean ese trato virtual, que son sádicas y masoquistas y lo disfrutan con todo el derecho que les da el deseo). El sexo en la web también te permite el orgasmo a distancia, sobre todo si la persona en la pantalla te atrae de verdad y sabe hacer su trabajo, si sabe qué decirte, cómo decírtelo, sin fingir, haciendo un show «invisible». Las personas que te aman *online*, las que en verdad aman y te desean durante doce, veinte o cuarenta minutos, llegan a un verdadero orgasmo contigo porque es imposible no sentir algo por un pene o una vagina, aun en un mundo sobrecargado de *bits*.

A Su la conocí unos meses antes de que la chica de treinta y tantos con cara de niña desapareciera. El seudónimo que utilizaba era Mona Valentine y lo había tomado de un videojuego. Ella no sabía nada acerca de eso, pero me contó alguna vez que en los estudios para los que algunas de las *cam models* trabajan los seudónimos son de dos tipos, enteramente pornográficos o sacados del imaginario de una Play Station, y que al inscribirse, además de recibir un *tank top* con el logo de la página web, una lista de vocablos y frases sexuales comunes en inglés (para las extranjeras como Su) y normas de conducta para evitar despidos o problemas legales, les hacían también sugerencias de cómo hallar el nombre perfecto para atraer a los cibernautas. De algún modo, todo estaba medido y calculado por esta gente, y Su prefirió los videojuegos como fuente de inspiración. Ella era de Belgrano, en una época en que muchas chicas argentinas trabajaban en esa página. Ahora las latinoamericanas que hay ahí se reducen a algunas colombianas y una que otra cubana de tercera generación, residentes de Miami y con un castellano de reguetonera, pero años atrás había un gran número de chicas argentinas, casi todas platinadas y con unas tetas enormes. Fue en la época del primer gobierno de los Kirchner. Su, bueno, Susana, aunque yo la llamaba Su, era instructora de gimnasia y estaba terminando una licenciatura en nutrición. Una tía le pagaba la carrera, pero todos sus demás gastos los cubría por medio de la página web, ya que vivía sola: la compra, la ropa, la comida de su gato, todo lo costeaban cientos de visitantes desperdigados por el mundo. Como Su estudiaba y trabajaba durante gran parte del día, solo podía conectarse por las noches, unas cuatro o cinco horas, hasta las dos o tres de la madrugada, según la premura que tuviera, y lo hizo así por dos años, y durante ese lapso de tiempo nos acostumbramos a llamarnos por nuestros verdaderos nombres (yo a veces daba un nombre falso, pero jamás a ella, ni a Dildo ni a ninguna de las que en verdad me han querido). Era extraño, no lo voy a negar, no tanto por la distancia, eso no me importaba demasiado, me he acostumbrado a esta especie de «televida», sino por la peculiar manera en que dos personas pueden llegar a fusionarse y protegerse a través de la simultaneidad que brinda un medio electrónico. La comunicación digital probablemente sea la verdadera droga de este planeta y todos la miran como si estuvieran ante el hito más importante de la civilización. Claro, no me estoy quejando, sin Internet yo ya no sería nadie a estas alturas.

Gracias a Internet Su y yo nos conocimos y aprendimos nuestros horarios más probables de conexión; a veces nos veíamos dos o tres veces por semana, pero no a diario porque eso puede llegar a saturar cualquier relación amorosa en línea. Desde luego, ella y yo teníamos ya una suerte de fusión interpersonal, algo que iba un poco más allá del eros más primitivo, pero al mismo tiempo manteníamos la distancia suficiente como para no cansarnos el uno del otro, para que hubiera siempre ese deseo y esa apetencia, la humedad en su vagina perfecta y la hinchazón en mi pene. Su tenía una vagina depilada y pulcra, y lo sé porque he visto muchas vaginas, una decena en la vida ordinaria, pero cientos de ellas en la web. La de Su probablemente sea la más bella de todas hasta el momento, simétrica y rosada y con unos labios delgados que parecían lamer delicadamente el consolador de CyberSkin cuando se lo metía. La cámara de Su tenía una gran definición y con la ayuda de un control remoto podía acercarse a sus partes íntimas, siempre estaba húmeda, siempre su pubis formaba un triángulo perfecto, nada sobraba de un lado ni del otro; probablemente olía igual que todas las vaginas, probablemente no se humedecía tan rápido si no la acariciabas antes o si no ensalivabas por un rato las areolas de sus pechos, pero durante esos minutos, cuando nos acompañábamos, cuando yo me tocaba y ella se tocaba y nos decíamos, después de un mes juntos y durante esos dos años, «*te quiero*», éramos ambos propiedad del otro y a la misma vez una sola persona, aquel Uno esencial y aquella imagen fusionada; y cuando terminábamos, después de que yo la dejaba hacer y ella me dejaba a mí, solíamos charlar desnudos sin inventar una excusa automática para ponernos la ropa y desconectarnos. Nos gustaba estar juntos, conversar del día que había pasado. Lo más gracioso era que cuando hablábamos de ese modo, Su se cubría los pechos con un cojín diez minutos después, decía que de pronto le daba vergüenza conmigo, que era diferente entre nosotros. No lo podía evitar, el sentimiento de pudor, decía. Sentir pudor ante una persona que te gusta más allá del sexo y con la que quisieras ir a cenar o ver una película. Yo hacía algo parecido, no con un cojín, pero sí con mis piernas, abrazando mis rodillas para ocultar mi pene después de limpiar con papel higiénico el esperma que había caído sobre mi abdomen. Hablábamos y reíamos por unos cuantos minutos, hasta que se acababa el crédito y una campanita en la pantalla nos avisaba que la cita en línea estaba por concluir. Al principio todas quieren que te quedes mucho tiempo y tratan de engatusarte con sonrisas prefabricadas y besos volados, y tal vez Su lo hizo alguna vez, al principio, pero las cosas cambiaron cuando nos acostumbramos el uno al otro, cuando nuestros encuentros en línea dejaron de ser una simple excitación y pasaron a convertirse en una relación más seria y de dependencia emocional, como todas las relaciones con un poco de fundamento: la dependencia a través de la comunicación y el cariño mutuo, más allá del amor orgiástico, más allá del eros, porque algunas veces Su y yo simplemente queríamos mirarnos, recostarnos, imaginar que estábamos en la misma cama. Ella en el fondo estaba igual de sola que yo. No tenía novio, vivía para estudiar y trabajar, yo era parte de lo que la mantenía viva. No digo que fuera el centro de su universo, desde luego que no, y ella tampoco lo era del mío, pero definitivamente estábamos unidos por un lazo más fuerte que el simple deseo sexual. Todo, sí, comenzó con el deseo, con aquel cuerpo atlético que me excitó en la galería virtual de mujeres que ofrecía esa página web, con ese cabello castaño y esos pezones que conocí cuando se quitó el sujetador la primera vez que nos desnudados en la sesión privada, igual de rosados que los labios de su vagina; y mi cuerpo, que ella celebraba a la misma vez, los vellos que me pidió que nunca me rasurara porque le gustaban los hombres con vello en los testículos y alrededor del pene. Odiaba los testículos rapados. De acuerdo con Su, no había nada mejor que sentir esos vellos rozando la vagina, frotarlos con el movimiento de los cuerpos, así me imaginaba, me dijo un par de veces después de venirnos, así me pensaba cuando cerraba los ojos y se frotaba el clítoris con un par de bolas chinas en la mano. Su decía que cuando se trataba de la parte física, lo que más le gustaba de mí eran los vellos, después la circuncisión y finalmente la forma de mi glande, pero si hubiera tenido que cambiarlos todos por una sola cosa, dijo una noche cuando estábamos recostados, se hubiera quedado con la sonrisa. La primera vez que me lo dijo sonreí como un tonto, fue una sonrisa realmente honesta y ella lo comprendió. Y con el tiempo se dio cuenta de que a mí también me encantaba la suya, más que su vagina.

Cuando me separé de Monika dejé de contestar muchas llamadas, de mi hermana, de los amigos que no se habían ido con Monika, de la propia Monika cuando me pedía un favor que en realidad no quería pedirme. Durante los primeros treinta días después de la finalización del divorcio, nadie en Chicago pudo dar conmigo. Solo dejaba que la casilla de voz del teléfono cumpliera su función. A veces, cuando estaba en verdad triste, respondía llamadas de *telemarketers* que querían venderme algún producto a plazos o hacerme una encuesta. En realidad solo atendía a la grabación o la voz sin interactuar con ellas, era una forma de llenar el silencio y de no tener que darle explicaciones a ninguna persona. Una mañana, no obstante, me despertó la llamada insistente de un cliente bastante alterado, que me rogaba que resucitara por unas horas para diseñar velozmente su nueva imagen corporativa: papelería y logotipo, dijo, ya que debía hacer una presentación urgente en menos de una semana. Solo contesté para decirle con muy poca reserva que dejara de llamarme, que no me importaban sus problemas ni su negocio y que se fuera al diablo, que era el personaje y el símbolo infernal donde yo en verdad habitaba por esa época. Se enfadó, desde luego, pero también añadió algo que se me quedó grabado en ese momento, algo sobre ir a un psiquiatra y sobre la puta latinoamericana que, de acuerdo con él, me había parido cuarenta años antes. Dos semanas después, coincidentemente, me hallé en una terapia, una cita pactada a través de un aviso de Internet luego de evitar a los especialistas que ya conocía por medio de mis relaciones personales: una prima lejana, de esos familiares que solo aparecen en las fotos de cumpleaños, y el vecino del 822, quien resultó ser en realidad un podólogo y no un experto en las fijaciones de Lacan. La cita, debo ser sincero, no me sirvió de mucho, el psiquiatra solo se dedicó a mirarme y a morder una de las puntas de un bolígrafo azul. Salí de allí igual de desilusionado y deprimido que cuando entré, y además sin la suficiente confianza en el método como para continuar gastando en aquellas sesiones. En mi experiencia (no hablo solamente de mí, sino también de Monika y mi hermana), los psiquiatras tan solo causan más daño a la gente. Mi prima Ofelia, por ejemplo, la psiquiatra que no quise visitar, es una prueba viviente del nivel de perversidad de esa profesión; la mitad de sus pacientes (casi todas mujeres anoréxicas, estériles o maltratadas) han optado por el suicidio, y la otra mitad sigue pagándole por hora a pesar de que los años avanzan y nada parece recomponerse. El haberme trasladado hasta la clínica de este tal Reynolds, así se llamaba el psiquiatra del aviso, me puso sin embargo en contacto con otra persona, un novelista del Brasil de quien nunca había oído hablar y por supuesto a quien tampoco había leído: Danilo Kaminsky o Wochinski, quien sin duda necesitaba más ayuda que yo porque esa tarde vestía un kimono avejentado y olía a una espantosa mezcla de frituras y loción para después de afeitarse. Me percaté además de que tenía las manos muy sucias, y cuando notó que quedé mirándoselas fijamente mientras aguardaba por mi turno, dijo que él en realidad no era así, que eran *ellas* quienes lo habían convertido en un cerdo y quienes le habían robado la higiene corporal y de espíritu. No respondí de manera verbal, la verdad no pude, solo asentí con un reflejo adecuado a la circunstancia, y de pronto el teléfono celular de Kaminsky o Wochinski sonó y aquel hombre de aspecto extraño desapareció de mi vida instantáneamente, de la misma forma en que se había presentado. Tras la salida del brasileño, la asistente del analista se quejó del olor con un gesto muy obvio, como si lo mismo hubiera sucedido otras veces y no tuviera un final claro a la vista, y susurró, antes de preguntarme si deseaba un vaso de agua y un ejemplar de la última *Men's Journal*, algo acerca de la abundancia de sexo *online* en este país.

La primera vez que tuve el ánimo de conectarme fue en realidad la segunda vez que me lo propuse; la noche anterior lo había intentado también, navegando por distintas páginas, pero sin poder dar el paso final y abrir una cuenta que me permitiera interactuar con alguien. Lo que me detenía no era precisamente la vergüenza sino la falta de ella, saber que había llegado a un punto en el que la soledad y la ausencia de Monika me empujaban a no tener límites como ese. Nunca salí con nadie después del divorcio, ni siquiera sé si hubo una interesada, pues no solo dejé de contestar las llamadas telefónicas sino que en algún momento también lancé el teléfono celular por el ducto de los desperdicios, junto con un equipo de sonido que no quería volver a ver. Lo hice solo para no escuchar las timbradas y para no recordar que en ese espacio habían sonado alguna vez, como música de fondo, los discos de Sonic Youth y Tori Amos de Monika. La primera vez, lo tengo claro, me detuvo esa falta de contención, simplemente no pude hacerlo porque sentí que las ansias eran más fuertes. Pero al día siguiente olvidé que alguna vez había tenido otra forma de entender el orden del mundo y dejé de mortificarme por lo que Monika pensaría acerca de mí si me hubiera visto. Después de registrarme bajo un seudónimo que nunca volví a emplear, navegué por cerca de cuarenta minutos en aquella página que me introdujo nuevamente al éxtasis del mundo, un poco mareado, no lo niego, porque al principio la vitrina es siempre una especie de álbum de fotos infinito: chicas de Rusia o Hungría, sin prótesis, 100% naturales; mujeres desnudas con cinco o seis meses de embarazo; negras que acariciaban sus tetas con aceite y subían y bajaban de un tubo en una habitación alumbrada como un bar de South Beach; rubias teñidas que decían venir de Ohio o de Tennessee, pero que se habían mudado al sur de California, ahora bronceadas y en tangas de leopardo; asiáticas de cuerpos muy pequeños que se daban manotazos en las nalgas y reían, vestidas de escolares japonesas o de enfermeras *glam*; fetichistas maduras con una boquilla larga en los labios, como si de pronto Cruella de Vil se hubiera hecho puta y enfundado en un corpiño de látex; transexuales con rostros de cantantes o estrellas de cine que sin embargo todavía no contaban con suficiente dinero para pagar por sus implantes de mamas.

Aquella vez me interesé por una mujer holandesa o alemana que no era muy esbelta, rellena más bien, pero cuyo cuerpo tenía rastros de haber vivido otra realidad antes de dar a luz a dos o tres hijos. Me impresionaron sus tetas, que parecían estar rebalsándose, cubiertas por un sujetador que imitaba la bandera de los Estados Unidos. Ella fue la primera o quizá la segunda, tal vez la cuarta, en esa época no amaba a ninguna y todas las *cam models* eran solamente una vía para encontrar una manera más entretenida de masturbarme. Recuerdo vagamente sus rostros, más bien sus estereotipos (todas esas Angelinas Jolies del mundo de la trasnoche), algunos gemidos recurrentes y risas fantasmas, personas con un inglés correcto y otras que manejaban solo las frases necesarias para subsistir en la web haciendo lo que hacían. En algún momento me detuve en la chica de treinta y tantos con cara de niña, pero eso fue cuando ya había inventado otros seudónimos, porque a veces, después de dos o tres sesiones privadas con distintas mujeres, los días en que no podía detenerme y necesitaba continuar, derramaba todo lo que mis testículos podían darme y luego me desconectaba y volvía a entrar diez minutos después, avergonzado, para no hundirme más y borrar definitivamente mi cuenta, para eliminar todo vestigio de mí en esas páginas: lo hacía pensando que no volvería nunca, pero en menos de un día me encontraba enganchado nuevamente. No podía dejarlo, no podía estar sin Monika y sin las modelos a la vez, las necesitaba al menos a ellas. Y así creé varios seudónimos por un tiempo, arrepintiéndome y volviendo sobre mis pasos, hasta que finalmente me saqué de los ojos esa venda insulsa y estúpida y acepté que lo que estaba sucediendo no era nada obsceno, nada que fuera a ensuciar mis manos, como las manos sucias del novelista brasileño Kaminsky o Wochinski, nada de lo que debiera arrepentirme ni desilusionarme cuando al fin, después de tanto tiempo perdido, había aprendido a vivir otra vez. No le hacía daño a ninguna persona, ni a las modelos ni a mí mismo, solo me brindaba el placer y la compañía que me hacían falta, solo trataba de alcanzar algún tipo de comodidad que me alejara de una casa que se había quedado vacía y estática, porque Monika nunca iba a regresar al apartamento, ya había pasado más de un año y no iba a volver, porque se había casado y lo único que le importaba era ser madre.

Una de las últimas veces que vi a Su me dijo que su graduación ya estaba cerca y que en poco tiempo dejaría la página. Me puse contento por ella, desde luego, pues para ese entonces ya teníamos suficiente confianza como para demostrar alegría el uno por el otro, incluso nos escribíamos por email cada dos o tres semanas, más que nada saludos y promesas de vernos pronto en la web. Nunca nos prometimos nada que no fuera vernos de esa manera, aunque debo confesar que un año antes llegamos a mencionar un posible viaje juntos: «para conocer esa sonrisa en persona, bonito», algo que nunca hicimos, claro. Creo que simplemente no quisimos complicarnos la vida, éramos felices de esa manera y sabíamos que tarde o temprano las circunstancias cambiarían para los dos. Sí prometimos escribirnos más allá de su permanencia en la web, y lo hicimos por un par de meses, pero poco a poco los emails se hicieron menos frecuentes y un día simplemente no volví a saber de ella. No me enfadé ni envié reclamos de amante despechado porque estas relaciones son distintas, te dan la libertad de amar a alguien por un tiempo fijo, en tus ratos libres, cuando estás aburrido en casa o cuando te sientes solo. No implican una exigencia que destruye de forma progresiva la relación ni una situación crítica que deba explicarse con discursos moderadores o salvarse con obsequios: cada uno vive su vida, se conecta cuando puede o quiere, se acuesta con otros visitantes u otras modelos *online* y evita perturbar a su compañero más fiel. Cuando Su se fue de la página, su vida dejó de ser de ese modo, es tan sencillo como eso, no podía demandarle nada ni incomodarme por sus decisiones; para ese entonces, además, sabiendo que ella dejaría de ser *cam model*, empecé a fortalecer relaciones con otras personas y hablar más seguido con chicas que había conocido *online* a través del tiempo. Siempre tuve otras mujeres, ya dije que estas páginas son como vitrinas, cientos, miles de chicas a tu disposición, de todas las razas, depiladas, con las axilas velludas, con voces agudas o muy roncas. Algunas parecen heroinómanas, llenas de ojeras y cicatrices en los brazos y el culo, o simples *amateurs* con un gusto por el autobondage, y uno se imagina que definitivamente trabajan solamente para drogarse o vengarse de sus familias mientras te muestran cómo se enjabonan las piernas y el ombligo en una ducha. Hay otras con celulitis y de piel muy arrugada, acompañadas a veces de sus parejas, típicamente un tipo rapado y panzón o uno muy delgado y con anteojos. He visto modelos que transmiten desde ciudades de Bulgaria o España, casi todas ellas cometen excesos con el lápiz de labios; y otras que subcontratan una *webcam* en salones de masaje de la periferia de Dávao, o en barrios marginales de Bangkok. Estos últimos espacios suelen estar un poco mal tenidos, paredes sucias, colchones manchados con restos de comida o secreciones, no me atraen tanto como las habitaciones de las chicas que trabajan en sus casas o en estudios profesionales, pero las pocas veces que he entrado en ellos reconozco que la sensación que me dan es como la de sumergirme en otro mundo, una apasionante piscina donde el agua da la impresión de ser simplemente inmundicia pero es en realidad un sublime confort, si es que tiene sentido describirlo de esa manera; parte de aquel mundo degradado por la psiquiatría en el que aparentemente Kaminsky o Wochinski se extravió sin remedio.

Aunque parezca extraño, mi primera experiencia con un juguete sexual en línea fue con una modelo que vivía en Chicago, muy cerca de mí, alguien con quien pude haber compartido la cola del cajero automático o el vagón de metro. No era yo precisamente quien controlaba el dispositivo, pero sí alcancé a ver cómo alguien probaba las vibraciones en esa chica de ascendencia japonesa que decía haber nacido y crecido en esta ciudad. El OhMiBod es un aparato relativamente pequeño y con forma de elipse, es fácil confundirlo con uno de esos espejos de cartera que las mujeres usan para empolvarse o incluso con un llavero de plástico; su atractivo se resume en algo muy simple: vibrar a distancia por medio de un aplicativo que controla la velocidad y el ritmo del aparato, como si el usuario tuviera el poder de provocar pequeños temblores. Lo he utilizado algunas veces con Dildo, sobre todo cuando recién nos conocimos y nos gustaba explorar si era en verdad indiscutible lo que decían acerca de ciertos juguetes sexuales, pero me lo he encontrado con mayor frecuencia en la pantalla al espiar las transmisiones de otras modelos. Hay *cam girls* que son expertas en su uso y lo emplean en la mayoría de sus shows, chicas que incluso fingen tener una conversación por teléfono con el aparato dentro de ellas para estimular a los interesados a transgredir el orden de la supuesta charla. A cambio de observar cómo la modelo gime y se excita con las vibraciones, los visitantes solamente deben enviar propinas con la mayor constancia posible, evitando que la chica se detenga por falta de dinero o simplemente se fastidie o se aburra. Cada temblor a distancia, desde luego, representa uno o varios movimientos de penetración, un espectáculo que puede alargarse dependiendo de la resistencia de la modelo o de la cantidad de usuarios conectados para participar y hacerla gemir. He visto *tip shows* de OhMiBod dominados por gente que no se detiene hasta que las chicas lloran o piden un descanso para tomar aire. No siempre sucede, claro, pero luego de ese primer recorrido en el que la *cam girl* es sometida a través de una serie de temblores que varían de acuerdo al monto de la retribución (a mayor monto, desde luego, una vibración más intensa), se puede apreciar en ciertos casos una descarga de líquido en mujeres que han aprendido a eyacular, un último esfuerzo, supongo, para complacer (y complacerse) luego de haber recibido un sinnúmero de descargas eléctricas de parte de un montón de extraños. Lo que me he dado cuenta desde que el OhMiBod se hizo popular en la web es que muchas modelos disfrutan mucho más de su trabajo en línea. Es uno de esos aparatos que transforma la vida de las personas que lo emplean, como lo hicieron en su momento las fotocopiadoras o los sistemas de GPS en los automóviles. Claro, siempre habrá excepciones a la regla, siempre habrá alguien amargada o completamente antisocial que no pueda controlar su forma de ser. Sé que suena ridículo, sobre todo teniendo en cuenta cuál es el objetivo final de este tipo de página web, no obstante, es una realidad que se presenta en ocasiones y con ciertas modelos. En mi caso particular, por ejemplo, lo viví con una griega llamada Ionna. No tengo muy claro por qué la recuerdo todavía, ya que solo me acosté con ella en un par de oportunidades, pero es cierto que de vez en cuando reaparece en mi memoria alguno de sus gestos de ermitaña. Ionna era una fumadora incorregible de unos cincuenta años, y fue también quien me habló sobre las muñecas. En realidad no era de mis preferidas sino una de esas modelos «maduras» con muy mal humor, que como ya dije tampoco faltan en la web. Desde mi punto de vista, son personas bastante insensatas y contradictorias, y por más que lo he intentado varias veces nunca he podido comprender por qué se obligan a mostrar una mala cara cuando podrían ser más razonables y sacar provecho de lo que hacen en línea. Lo extraño acerca de esa clase de *cam model* es que sus cuerpos suelen ser tan atractivos que es difícil no aguantar su pésima disposición o sus gemidos sobreactuados por unos cuantos minutos. A pesar del mal carácter (no sonreía, tardaba en quitarse la ropa para obligarte a duplicar el tiempo con ella, no respondía ninguna pregunta que le hicieras a través del chat), Ionna tenía unos pechos bastante singulares, no eran ni grandes ni pequeños, en realidad el atractivo se hallaba en la pendiente, en la forma en que caían y se inclinaban; te daban la impresión de que dos manos invisibles, haciendo un gesto cóncavo, los sostuvieran en perfecta armonía. No todas las tetas caen de ese modo, depende siempre del tamaño del cuerpo y de los huesos, de la postura. Son pechos poco comunes y en realidad hay que verlos en vivo para tener certeza de que existen. Estos eran mediterráneos, y quizá de ahí venía aquel detestable mal humor, de la crisis de la zona euro, los préstamos de rescate, no lo sé, tal vez estoy especulando un poco. Trato de asociarlo a una circunstancia concreta para reinterpretarlo, pero quizá simplemente se trataba de una mujer resentida con la idea misma de «existir», alguien que no estaba contenta ni con lo que hacía fuera ni dentro de la pantalla y fumaba sin moderación como si acabaran de diagnosticarle un cáncer terminal. Son las menos, claro. Diría que gran parte de las chicas que se dedican a este trabajo entiende que la mayor virtud de una *cam model* no es solo mostrar las nalgas y dominar el arte de la seducción, sino también aprender a sumar mucha paciencia, sobre todo debido a la abundancia de personas que no gastan un solo centavo en ellas, los *freeloaders*, que pueden llegar a ser cincuenta o noventa en pocos minutos, dependiendo de la popularidad de la modelo. La griega, claro está, no era tan admirada, usualmente recibía más insultos que halagos, porque es cierto que hay visitantes que no se controlan, que actúan como si fueran dueños de las modelos y demandan más de la cuenta sin haber siquiera dado una propina de dos dólares en las páginas que permiten ese tipo de transacción. Antes lo más común era pagar por sesiones privadas, pero desde hace un tiempo, diría que desde hace unos tres o cuatro años, muchas páginas permiten que los visitantes lancen requerimientos específicos (*tit flashes* o *twerkings*, sobre todo, a veces también piden que las modelos les muestren los pies), previo pago de un *tip*. Es la forma más barata de obtener un poco de placer virtual. Usualmente la modelo cumple con el pedido de manera instantánea, pero en el mejor de los casos el espectáculo no suele durar más de un par de minutos. Hay algunas *cam models*, como la griega, que se aprovechan de los visitantes y reducen el tiempo a unos pocos segundos, lo que obviamente exaspera no solo a quien pagó por el pedido sino también a los *freeloaders*. Los *freeloaders*, sin ánimo de ofender a nadie, siempre me recuerdan a esos motociclistas bárbaros de Mad Max: rudos, llenos de grasa y prestos a tomar todo lo que no les pertenece. Esa imagen posapocalíptica, sin embargo, no justificaba el comportamiento habitual de la griega, una *milf* ciertamente desleal y tramposa, porque la mayoría de sus visitantes, cuando todavía no conocían sus mañas, entraba en su habitación con la esperanza de encontrarse con alguien físicamente atractiva, claro, con un estupendo culo, pero también con una mujer sociable y cordial. Por suerte la mayoría de *cam models* no utiliza las mismas tácticas ni reniega cada dos segundos como Ionna. Diría que en general suelen ser sumamente divertidas y afables, y que muchas modelos disfrutan en verdad de lo que hacen porque no solo es parte de su rutina cotidiana, sino también la manera en que se ganan la vida sin molestar a los demás. Varias de ellas son trabajadoras *online* a tiempo completo, incluso sus novios o esposos lo saben: dan placer y llenan por un rato la existencia de hombres que, también en su mayoría, suelen ser educados hasta donde la excitación lo permite. De cuando en cuando, desde luego, alguien se comunica incorrectamente debido a una diferencia idiomática o hace una petición absurda, imaginando piruetas y embadurnamientos atípicos con secreciones o comida chatarra, pero en general siempre he pensado que, a pesar de que algunos ciertamente recitan mala poesía, se trata de gente que solo desea sentirse acompañada por unos cuantos minutos y así poder resistir las sacudidas de la rutina y la separación. Es un empleo honesto, digan lo que digan esos censores y psicólogos que nunca faltan en la televisión o en la radio: una forma moderna de ganarse la vida sin ser víctima de un jefe abusivo o de un sistema de remuneración completamente injusto. La gran mayoría de ellas puede elegir su propio horario, trabajar desde casa y vivir sin la ansiedad de quien no tiene recursos para llegar a fin de mes. Las mejores, además, las que han creado un personaje alrededor de su cuerpo y sus tatuajes, las que son buenas para seducir a los visitantes por medio del lenguaje de la persuasión, de la música de fondo y los orgasmos que provoca un OhMiBod en sus partes íntimas, llegan incluso a ganar tanto como un administrador de mando medio, y cuentan con seguidores en todas partes. A su manera, son celebridades que no necesitan preocuparse de un *paparazzo* o de las historias que publica un tabloide. En ese aspecto son verdaderamente libres. Y supongo que, aunque pase el tiempo, seguirán siendo admiradas por esos mismos usuarios que activan a distancia el pequeño OhMiBod con sus propinas y que un día también dejarán las páginas y se convertirán en padres o abuelos. Seguirán siendo admiradas en la memoria de quienes deseen perpetuar sus palabras seductoras y el movimiento de sus nalgas dentro de un bikini turquesa, del mismo modo que un espectador no olvidará nunca la primera vez que vio los contrastes entre un sillón de terciopelo y la piel de Brigitte Bardot, o todo aquello que entraña Monica Bellucci cuando gime sobre una alfombra, mirando a la cámara mientras alguien respira sobre sus muslos.

La conversación acerca de la muñeca no fue en realidad una charla sino una suerte de observación de Ionna cuando le pregunté si podía montarse en mi pene: «Cómprate una muñeca japonesa y ponla en la posición que te dé la gana, ¿sí?» Aunque sabía que lo decía en serio, practicando lo que en su caso era ya un autosabotaje crónico, tomé su comentario como parte del juego que me ofrecía, esa faceta sarcástica de nuestra poco profunda relación electrónica. Me quedaba claro que después de esa segunda vez no la vería más, en el fondo su cuerpo no valía tanto como para aguantar aquel mal humor, y me dediqué solamente a mirar por última vez la inclinación de sus pechos mientras el tiempo reservado con ella pasaba, algo bastante común cuando te acuestas con alguien que no te interesa demasiado: el alargamiento del tedio y la incomodidad. Las palabras de Ionna, no obstante, rondaron en mi cabeza por algunos días; debo decir que estuve a punto de comprar una de esas muñecas con vagina de silicona, las más modernas, las que brindan no solo una experiencia simulada, sino una sensación auténtica: la contradicción plástica que aquellos anuncios persuasivos de los fabricantes venden y que, por coincidencia, también se resaltaba en un reportaje que encontré durante la misma época en un canal de YouTube. Muñecas idénticas a una mujer, muñecas que reemplazan a otras mujeres en los prostíbulos más adelantados del mundo. La muñeca-androide elaborada con un polímero especial que se disfraza de piel; una Eva silenciosa y fornicaria, una no recriminadora. Pero pronto descarté la idea de una muñeca japonesa en mi vida. Me di cuenta de que no era la experiencia que yo deseaba, a pesar de que las matemáticas y los cálculos eran contundentes y me demostraban que una maniobra como aquella era a la larga la vía más práctica, que una muñeca-androide de unos cuantos miles sería un gasto inteligente y provechoso, algo que me permitiría alejarme de las páginas web y tener una compañera a mi lado y a tiempo completo, en mi propia cama, la suspensión de la unión a distancia y el abrigo del contacto físico. Tras meditarlo mucho, sin embargo, cambié de opinión, decidí quedarme con las modelos en línea y sus sujetadores talla doble D, con la realidad de los labios menores y los clítoris que me saludaban desde habitaciones que nunca iba a conocer en persona, con la espontaneidad de alguien que podía al menos fingir el susurro de mi nombre y enviarme, si le daba una propina extra, *clips* personalizados a través de Snapchat, o darme acceso a las carpetas de fotos que almacenaba en una nube de pornografía; con una persona de carne y hueso que era capaz de lanzar un gemido agudo que el volumen de mis parlantes amplificaba con tan solo presionar el botón izquierdo del mouse. Las *cam models*, ciertamente, hacen más interesante la rutina de un diseñador gráfico divorciado, un hombre que nunca ha entendido la expansión comercial de los productos orgánicos ni a la gente que de pronto guarda en casa pilas para reciclar cuando solía no hacerlo; una persona que se quedó sola, sin percatarse de lo sucedido, cuando un día su esposa partió de Chicago a Nueva York con un exnovio que apareció de repente, cuando la mujer que amaba se dio cuenta de que ya estaba harta de cenar en silencio con él.

Antes de entablar una relación en línea con Dildo y conocerla a fondo, salí de viaje por unos días para asistir a una ceremonia de premiación. Un amigo y yo habíamos realizado un año antes un proyecto de diseño para una compañía de empaques y un jurado de publicistas de la costa oeste decidió celebrarlo. Mike vivía en San Francisco, en Forest Knolls, junto a su esposa Kayla y un labrador retriever llamado Otto. Para ser una arquitecta de cierto prestigio ella era en realidad una mujer relativamente sencilla, prefería vivir en el bosque, a seis horas de la gran ciudad, y siempre viajaba en auto a las citas que de vez en cuando pactaba en Los Ángeles. Mike la conducía del punto A al punto B en una camioneta todoterreno, ya que tenía un horario de diseñador *freelance* tan flexible como el mío, y le encantaba subir la velocidad. Cuando los veía juntos, todo siempre era demasiado obvio, su asociación saltaba a la vista apenas se ajustaban los cinturones de seguridad y se ponían las gafas de sol: ninguno de los dos deseaba criar niños pero celebraban a quienes los tenían, y adoraban por sobre todas las cosas la convivencia en pareja. En realidad, ambos concordaban en que cuando Otto muriera buscarían un nuevo labrador, una serie de labradores tal vez, a los que iban a prodigar cariño y bienestar en tiempos buenos y malos. Desde su mudanza a Forest Knolls, además, habían planeado comprar la casa adyacente tan pronto su vecino se mudara a Santa Bárbara, a un asilo con campo de golf y buses privados, algo que no tardaría en suceder, según Kayla. Fueron tres días los que pasé con ellos, tres días en los que no me atreví a conectarme a la página, no desde aquel simétrico e inmaculado cuarto de huéspedes. La casa, a decir verdad, era muy correcta para mi gusto, con demasiadas entradas de luz, y Otto no dejaba de importunarme para tratar de decir algo con el movimiento frenético de su cola o con la inclinación de su cabeza al morder una pelota de tenis. La última noche fue definitivamente la más angustiante e incómoda para mí: sin apetito, viendo por primera vez en mi vida un documental acerca de los juicios de Núremberg en Netflix, sentí que en verdad no pertenecía a ese mundo. Sabía que la de Forest Knolls no era mi casa, desde luego, pero la sensación era más profunda que la simple conciencia de la lejanía espacial. No me sentía precisamente extraño por dormir en una habitación decorada para encantar a toda costa al visitante de turno, sino porque la esencia de aquella vida relativamente corriente para una pareja de profesionales, a la que Monika y yo también habíamos aspirado cuando recién nos casamos, me resultaba de pronto enormemente ajena. Era cierto que Monika y yo, a diferencia de mis anfitriones, queríamos tener hijos al principio, pero en el fondo las mismas señales de aquel quehacer rutinario y automático estaban presentes a mi alrededor: las paredes blancas de la casa, los frascos de calcio y vitamina C, las pezuñas de Otto sobre mis piernas a la hora del almuerzo, las risas de Kayla cuando Mike contaba un chiste sobre los candidatos a la presidencia, o incluso Forest Knolls, ese pequeño universo de clase media alta que se situaba jubilosamente en la cima de la conformidad. Toda la extrañeza acerca de la unión conyugal que había dejado de advertir cuando Monika se fue de mi vida la volví a notar de pronto en esos tres días en San Francisco, como si de súbito algo invisible me arrollara, como si esa misma entidad etérea retrocediera para atropellarme una segunda y una tercera vez, y de pronto ya no pudiera escapar.

Es muy común no toparte con la modelo que más te interesa cuando no conoces sus horarios. Eso fue lo que me sucedió con Dildo el día que volví a casa. En aquel momento no tenía la menor idea de cuál era su nombre, pues cuando la vi una tarde por primera vez, antes del viaje a San Francisco, solamente alcancé a concentrarme en sus facciones y su voz sin atinar a añadirla a mi lista de modelos favoritas. Lo que sí tenía claro, más que todo por el acento de Dildo, era su nacionalidad, definitivamente era estadounidense, no había forma de equivocarme en ese punto porque había prestado mucha atención a sus palabras y elocución, y pude también teorizar que probablemente se conectaba desde algún lugar de la costa del Pacífico. Aquello lo deduje un rato después de perderla esa primera tarde antes del viaje, haciendo memoria de la habitación desde donde transmitía, pues el cuarto se encontraba demasiado iluminado como para regirse por el horario del Atlántico o del Centro en el mes de noviembre. Salvo esas simples conjeturas, no tenía ninguna otra pista que me pudiera ayudar a dar con ella. De hecho, cuando volví de mi encuentro con Mike y Kayla en San Francisco, la busqué con terquedad en todas las galerías virtuales de la página, pasando y repasando las fotos de perfil de cientos de modelos. A pesar de que me mantuve conectado por un buen rato y que suponía que mi entusiasmo me garantizaría la mejor de las suertes, no pude encontrarla en esa ocasión, y al cansarme y notar que nada iba a cambiar decidí apagar la máquina y desesperarme a solas, echado en el sofá de la sala mientras miraba el techo del apartamento. Por un momento me ganó el dramatismo y pensé que tal vez se trataba de una de esas *cam models* eventuales, de las que se conectaban solamente por una o dos semanas para experimentar y después desaparecían de la faz de la tierra. Me había sucedido otras veces, no precisamente con modelos que me interesaran de verdad o que me causaran tanta intriga como Dildo, pero sí con una que otra chica que había aparecido de forma esporádica y con quien hubiera podido entablar una relación ocasional de haberse quedado en la web. Cuando era nuevo en la página, el portal operaba de otro modo, y la navegación, en casos similares al de Dildo, era en verdad mucho más productiva y sencilla para el usuario. En la época que la conocí, no obstante, el funcionamiento de la web se complicó absurdamente para competir con otros portales de *cam modeling*, aparecieron de pronto nuevos servicios que incluían períodos de *happy hour* cada sesenta minutos, cupones de descuento y la opción de comprar osos de peluche para tus modelos favoritas a través de una *partnership* con una empresa distribuidora de regalos. Es cierto que, en general, había mayor sofisticación cuando se trataba de las sesiones privadas, con ventanas que permitían ver tu propia sesión y al mismo tiempo pagar por una simultánea, con otra modelo desnuda, pero ese servicio, que desde luego tendía a excitarte el doble, no compensaba la pérdida de ciertos atributos básicos como el rastreo del historial de visitas. En su momento aquel rastreo había sido una herramienta verdaderamente útil, en más de una oportunidad me sirvió para dar con varias modelos cuyos nombres no recordaba, todo gracias a un motor de búsqueda interno que archivaba los movimientos *online* desde el primer día de la membresía. Cuando volví de viaje y me encontré en el apuro de dar con Dildo (con esa modelo desconocida que después supe se hacía llamar Dildo y residía en Seattle), me di cuenta de que echaba bastante en falta el buscador original. Solía mirar a tantas modelos al día que la historia archivada por mi propio *browser* me resultaba realmente confusa y un embrollo en el que no deseaba sumergirme. Antes del viaje a Forest Knolls, es cierto, no alcancé a charlar con Dildo ni a memorizar su nombre, tan solo pude mirarla por un par de minutos, atónito la mayor parte del tiempo. Más allá de que la situación en verdad puede entenderse como un golpe de suerte, hoy todavía la considero una especie de *déjà vu*, porque me hizo reconocer algo que asumía perdido. Dildo estaba a punto de terminar su sesión la tarde que me conecté a la página. Estaba desnuda y se despedía de los demás con la barbilla sobre un hombro mientras coquetamente mostraba el tatuaje en su espalda, diciendo que volvería a conectarse al siguiente día. Fue una visión absolutamente inesperada, que desapareció casi tan pronto como la vi en la computadora y que me sugestionó repetidamente durante mis días en San Francisco. Cuando alguien te interesa en serio y no está conectado, puedes al menos husmear en su perfil personal, indagar sobre su edad o estatura, conocer cuáles son sus orientaciones sexuales básicas: heterosexualidad, homosexualidad, bisexualidad, etcétera, o revisar lentamente su galería de fotos. Y eso fue lo que hice. Aquella tarde antes de partir a Forest Knolls, sin embargo, la galería de Dildo no había sido aún aprobada por el *webmaster*, quien verificaba que nadie estuviera maltratando animales en las imágenes que daban de alta, vendiendo productos no relacionados con la página web o esclavizando a un menor de edad. Las fotos de Dildo permanecían todavía ocultas porque se trataba de una *cam girl* completamente nueva. Al revisar su perfil tan solo pude averiguar que se describía a sí misma como una chica «*down to earth*», franca y jovial, fanática de la suboficial de vuelo Ellen Ripley. Decía tener veintiocho años. Su cabello era marrón, al igual que sus ojos, de eso me había percatado en ese par de minutos cuando pude mirarla, y así la pensé durante las conexiones de avión de ida y de regreso de California. El peinado no era el mismo que llevaba Monika cuando nos separamos. Dildo, en contraste, prefería un moño alto y de aliento un poco *hipster*, una interpretación de la estética que Monika jamás hubiera aprobado o siquiera debatido en la intimidad, pero por lo demás ambas parecían hermanas gemelas, versiones calcadas de la otra de cinco pies y medio y cabello lacio, separadas solamente por distintas fechas de nacimiento y por distintas formas de amar.

Dos

El tatuaje de Dildo, compuesto de tonos oscuros que imitan la silueta de una mujer en la misma posición del Hombre de Vitruvio *de Da Vinci, empieza más o menos en la columna cervical y se alarga hasta el sacro. Se trata en realidad de una combinación de varios motivos de la pintura biomecánica del suizo Hans Ruedi Giger, un artista que se hiciera célebre a fines de la década de 1970 por sus diseños de criaturas y escenarios para la película de ciencia ficción* Alien. *A decir verdad, la primera vez que imaginé este tatuaje recordé de forma inmediata un compendio de tapa dura titulado* Necronomicon, *el cual reúne varias reproducciones de cuadros realizados durante la primera década de trabajo de este pintor. En el dorso de Dildo, en consecuencia, encontramos una especie de pastiche visual dedicado a Li Tobler, la pareja suicida de Giger y la persona que se convirtió no solamente en su fijación más allá de la muerte, sino también en el principal arquetipo femenino presente en sus pinturas y esculturas de metal. Podemos apreciar entonces que a la altura de los senos de la mujer que decora la espalda de Dildo empieza un corsé metálico que se extiende hasta la cadera por medio de una serie de costillas flotantes, así como un novedoso esternón de forma ovoide. Al acercarnos, también descubriremos que aquella condición a la vez sensual y perversa que se desprende de muchas de las obras de Giger no ha sido olvidada por el pigmento negro al resaltar la función erótica y la simetría de las cuatro piernas de la mujer. El tatuador, a quien imagino un amigo de la infancia de Dildo, ha logrado con las agujas de la máquina el mismo ideal simbiótico de Hans Rudie al asociar el esqueleto de los vertebrados con los diseños tubulares y la perspectiva de la mecánica industrial del siglo XX. Me atrevería a decir incluso que el tema de la deshumanización es más llamativo en el tatuaje cuando nos concentramos en el juego de los opuestos y en la manera en que la composición rompe las asociaciones* racionales. *Donde debería estar la cabeza de la mujer, por ejemplo, nace la cola de la criatura que Giger diseñó para Ridley Scott, y en la zona del pubis, siguiendo esa misma lógica oposicional, se halla el cráneo alargado y traslúcido del famoso monstruo cinematográfico que tomó los corredores de la nave espacial Nostromo. Otra lectura posible es que el tatuaje se convierte en esta obra literaria titulada* Ars amatoria / electronica *en una suerte de conector entre lo real y lo suprarreal. Por supuesto, en estos instantes solo me encuentro pensando en voz alta. Como autor de esta* nouvelle *soy consciente de que esa es una invitación a otro tipo de debate y que lo más importante ahora es precisar que el tatuador tardó cuatro semanas en grabar la imagen de aquella mujer híbrida en la espalda de Dildo.*

Índice

SALVADOR LUIS RAGGIO MIRANDA

LIMA, 1978

Licenciado en dirección de cine y doctor en literatura
y cultura hispánica (University of Miami). Es autor de
los libros de cuentos *Miscelánea o el libro geminiano* (2006),
Shogun inflamable (2015), *Otras cavidades* (2017), y de las
nouvelles *Zeppelin* (2009), *Prontuario de los pies y de los zapatos*
(2012) y *Tres baladas* (2019, en coautoría con Juan Manuel Candal
y Ramiro Sanchiz). Como editor ha preparado diversas antologías
de cuento iberoamericano para editoriales de América Latina
y España, entre ellas *Asamblea portátil* (2009), *La condición
pornográfica* (2011) o *Kafkaville* (2015), así como la colección de
ensayos académicos *Salón de anomalías. Diez lecturas críticas
acerca de la obra de Mario Bellatin* (2013). Actualmente se
desempeña como profesor de cine y literatura y dirige la
revista de creación www.specimens-mag.com.

www.salvadorluis.net

@UnRaggioLaser

ELEKTRIK GENERATION
2018